The Monkey and the Tiger

1965

大唐狄公狄仁杰

高罗佩

大唐狄公案全译（插图本）

黄禄善 主编

晨猿·暮虎

The Monkey and The Tiger

〔荷〕高罗佩 著
黄 静 译

山西出版传媒集团
北岳文艺出版社
BEIYUE LITERATURE & ART PUBLISHING HOUSE
·太原·

图书在版编目（CIP）数据

晨猿·暮虎 / (荷) 高罗佩著；黄静译. — 太原：北岳文艺出版社，2021.1（2024.3重印）
（高罗佩·大唐狄公案全译：插图本 / 黄禄善主编）
ISBN 978-7-5378-6284-4

Ⅰ. ①晨… Ⅱ. ①高… ②黄… Ⅲ. ①侦探小说–荷兰–现代 Ⅳ. ①I563.45

中国版本图书馆CIP数据核字（2020）第223735号

晨猿·暮虎

〔荷〕高罗佩 / 著

黄　静 / 译

//

出品人
郭文礼

策　划
续小强

项目统筹
贾晋仁　庞咏平

责任编辑
庞咏平

装帧设计
薩福書衣坊
SAFU BOOKSTORE
bookd@163.net

印装监制
郭　勇

出版发行：山西出版传媒集团·北岳文艺出版社
地址：山西省太原市并州南路57号
邮编：030012
电话：0351-5628696（发行部）　0351-5628688（总编室）
传真：0351-5628680
经销商：新华书店
印刷装订：山西人民印刷有限责任公司

开本：787×1092　1/32
字数：99千字　印张：4.875
版次：2021年1月第1版
印次：2024年3月山西第2次印刷
书号：ISBN　978-7-5378-6284-4
定价：26.00元

导言

一

20世纪与21世纪之交，西方通俗文学界一个令人瞩目的现象是历史侦探小说（historical detective fiction）的崛起。当时西方的许多主流媒体，如《纽约时报》《华尔街日报》《泰晤士报》《卫报》等等，连篇累牍地报道历史侦探小说获奖的信息，有关小说的介绍、评论汗牛充栋。这些获奖小说的背景多半设置在一个年代久远的古代，中心情节是破解一个与谋杀有关的案件，作者大都为历史学、考古学等专业的学者，爱好文学创作。譬如保罗·多尔蒂（Paul Doherty， 1946），当代英国著名历史学家，20世纪80年代末开始历史侦探小说创作，迄今已出版了八十多部以古希腊、古罗马、古埃及和中世纪英格兰为背景的侦探小说，其中《叛逆的幽灵》（*The Treason of the Ghosts*）被《泰晤士报》列为2000年最佳犯罪小说。又如琳达·罗宾逊（Lynda Robinson， 1951），毕业于得克萨斯大学考古专业，擅长中东史和美国史研究。她在丈夫的鼓励下进行历史侦探小说创作，处女作《死神谋杀案》（*Murder in the Place of Anubis*， 1994）一问世即荣登"纽约时报畅销书排行榜"，之后创作的十多本小说也一版再版，畅销不衰。再如加里·科比（Gary Corby，

1963），澳大利亚历史侦探小说创作新秀，尽管作品数量不算太多，但已是2008年“柯南·道尔奖”得主，2010年问世的《伯里克利政体》（*The Pericles Commission*）更获“内德·凯利奖”（Ned Kelly Award）。凡此种种，正如《出版人周刊》2010年一篇评论所指出的：“过去的十年，历史侦探小说的数量和质量急速提升，以前从未有过如此多的天才作家出版如此多的历史侦探小说，作品涵盖的历史年代和案发地点也从未如此宽泛。”①

不过，西方历史侦探小说并非从世纪之交开始。早在1911年，在美国作家梅尔维尔·波斯特（Melville Post，1869—1930）的短篇小说《上帝的天使》（*The Angel of the Lord*）中，就出现过一个古时的业余侦探“阿布勒大叔”（Uncle Abner）。他生活在古老的弗吉尼亚边疆，是个牧场工人，一个和蔼、睿智的中年人。他凭借《圣经》的道德标准和美国的法律精神破案。之后，《上帝的天使》很快被扩充为拥有二十六个故事的侦探小说集《阿布勒大叔：破案高手》（*Uncle Abner，Master Mysteries*，1918）。到了1943年，美国作家利莲·托雷（Lilliande la Torre，1902—1993）发表了以历史人物塞缪尔·约翰逊（Samuel Johnson）为主角的短篇小说《英格兰国玺》（*The Great Seal of England*）。之后，她同样将短篇小说扩充为侦探小说集《萨姆博士：约翰逊侦探》（*Dr. Samuel Johnson，Detector*，1948）。在这之后，西方历史侦探小说进入高速发展的阶段。英国作家阿加莎·克里斯蒂（Agatha Christie，1890—1976）出版了以古埃及为背景的长篇历史侦探小说《死亡终局》（*Death Comes as the End*，1944）。美国作家约翰·卡尔（John Carr，1906—1977）出版了反映拿破仑战争题材的长篇历史侦探小说《狱中新娘》（*The Bride of Newgate*，1950）。荷兰外交家、汉学家高罗佩（Robert van Gulik，1910

① Lenny Picker. *Mysteries of History*，Publishers Weekly，March 3，2010

—1967）推出了基于中国公案小说传统的系列历史侦探小说“狄公案”(Judge Dee series)。这些单本的、系列的历史侦探小说的问世，为当代西方历史侦探小说的全面崛起做了有益的铺垫，尤其是“狄公案小说”，采用长、中、短三种小说形式，数量多达十六卷，在东、西方均产生了持久的轰动效应，被认为是早期西方历史侦探小说的成功“范例”。①

“狄公案”历史侦探小说的创作发端于1949年高罗佩的译著《狄公断案精粹》（*Celebrated Cases of Judge Dee*）。故事的主角狄公（Judge Dee）在中国历史上实有其人。他名叫狄仁杰，生活在唐朝。他一生为官，两次出任宰相，是百姓口中的青天大老爷。有关他廉洁自律、为民请命、秉公办案的故事很早就在民间流传。到了清朝末年，一位无名氏将这些民间故事整理成长篇公案小说《武则天四大奇案》（亦名《狄公案》或《狄梁公四大奇案》）。高罗佩在中国任外交官期间，对该书产生了浓厚的兴趣。在进行了详细考据之后，他将其中基本符合西方侦探小说传统的前三十回翻译成英文出版。之后，他开始尝试创作以狄公为主角的历史侦探小说《迷宫谜案》（*The Chinese Maze Murders*， 1952）。小说出版后，极为畅销。从此，高罗佩一发不可收拾，先后接受芝加哥大学出版社及其他图书出版公司的稿约，先后创作了十五卷狄公案历史侦探小说。它们是：《铜钟谜案》（*The Chinese Bell Murders*， 1958）、《黄金谜案》（*The Chinese Gold Murders*， 1959）、《湖滨谜案》（*The Chinese Lake Murders*， 1960）、《铁针谜案》（*The Chinese Nail Murders*，1961）、《红阁子谜案》（*The Red Pavilion*， 1964）、《朝云观谜案》（*The Haunted Monastery*， 1961）、《御珠谜案》（*The Emperor's Pearl*，1963）、《漆画屏风谜案》（*The Lacquer Screen*， 1962）、《晨猿·暮虎》（*The Monkey and the Tiger*， 1965）、

① Carl Rollyson. *Critical Survey of Mystery and Detective Fiction*, Revised Edition. Salem Press, INC, printed in USA, 2008, p.1783.

《柳园图谜案》（*The Willow Pattern*， 1965）、《广州谜案》（*Murder in Canton*， 1966）、《紫云寺谜案》（*The Phantom of the Temple*， 1966）、《太子棺谜案》（*Judge Dee at Work*， 1967）、《项链·葫芦》（*Necklace and Calabash*， 1967）、《黑狐谜案》（*Poets and Murder*， 1968）。这些“谜案”极受读者喜爱，不断再版、重印，直至2014年，还有麦克法兰图书出版公司（McFarland）的新版本出现。

“狄公案小说”的影响又渐渐从美国、英国、加拿大、澳大利亚、新西兰延伸到法国、德国、西班牙、荷兰、瑞典、芬兰、日本和中国。1982年，甘肃人民出版社率先在中国推出了陈来元、胡明翻译的《四漆屏》（*The Lacquer Screen*）。紧接着，中原农民出版社、北方妇女儿童出版社、北岳文艺出版社、中国电影出版社、海南出版社、贵州大学出版社等也各自推出了这样那样的“狄公案”全译本和节译本。与此同时，各种各样的续集、改写本也不断出现。

二

作为早期西方历史侦探小说创作的一个成功范例，“狄公案小说”展示了这一小说类型的诸多特征。首先，作为侦探小说，“狄公案小说”遵循侦探小说之父爱伦·坡（Allan Poe， 1809—1849）的“破案解谜六步曲”，亦即介绍侦探、展示犯罪线索、调查案情、公布调查结果、解释案情发生的原因和经过、罪犯的服输和认罪。其次，作为历史小说，它涵盖了历史小说之父沃尔特·司各特（Walter Scott， 1771—1832）所创立的大部分市场要素，如异国情调、哥特式气氛、英雄主义、骑士精神等等。而且，作者高罗佩本人，也像上面提到的许多当代历史侦探小说的作者一样，是个精通历史、熟悉考古且深谙中国文化艺术的专业人士，所研究的对象是当时并不被看好且有点冷僻的东方文化。

高罗佩，1910年8月9日生于荷兰聚特芬（Zutphen）。父亲是名医生，曾先后两次在荷属东印度（Netherland East Indies， 今印度尼西亚）服役。高罗佩随父母侨居在殖民地，在当地学习汉语、爪哇语和马来语，由此对亚洲文化，尤其是中国文化产生了浓厚的兴趣。1923年，父亲退役，高罗佩随父母回到荷兰，定居在奈梅亨（Nijmegen）。1929年，高罗佩从奈梅亨市立中学毕业，入读莱顿大学，主修东方殖民法律、荷属东印度学以及中日语言文学。之后，他又到乌特勒支大学深造，学习现当代中国史以及藏文和梵文，并以论文《马头明王诸说源流考》（*Hayagriva，the Mantrayanic Aspect of Horse•cult in China and Japan*）获得东方语言学博士学位。高罗佩的语言天赋和专业能力很快得到了认可。1935年，他被荷兰外交部录用为助理翻译，并被派驻东京任荷兰驻日公使馆二等秘书。1941年太平洋战争爆发，高罗佩与其他同盟国的外交人员一起被遣离日本。1943年3月，他从印度加尔各答来到中国重庆，出任荷兰政府驻重庆大使馆一等秘书。其间，他结识了同在大使馆秘书处工作的中国名媛水世芳。两人结为伉俪，先后育有三子一女。战争结束后，高罗佩离开中国回到海牙，出任荷兰外交部政务司远东处处长，一年后又去了美国，任荷兰驻美使馆顾问。1948年，他被任命为荷兰驻日本东京军事代表处顾问。1951年，他离开东京前往新德里，任荷兰驻印度大使馆文化参赞。1953年，他再次被召回荷兰，任外交部中东暨非洲事务司司长。1956年至1959年，高罗佩担任荷兰驻黎巴嫩全权代表。1959年至1962年又担任荷兰驻马来西亚大使。1965年，他作为驻日大使第三次被派驻东京。任上，他被诊断出患了肺癌，不得不返国治病。1967年9月24日，他在海牙辞世，享年五十七岁。

因为外交官职业的关系，高罗佩辗转海牙、东京、重庆、南京、华盛顿、新德里、贝鲁特、吉隆坡等地，工作异常繁忙。尽管如此，他不忘初衷，挤出时间从事自己所喜爱的东方语言文化研究。他的研究兴趣很广，琴棋书画、小说戏曲，无所不包，而且成果颇丰，几乎每隔一至两年就出版一本书。1941年由日本上智大学出版的《琴道》（*The Lore of the Chinese Lute*）是西方第一本系统介绍中国古琴的专著。在书中，高罗佩基于大量中国古代文献，对中国古琴的起源和特征、琴人的心境和原则、琴曲的意义和内涵、演奏的象征和意象，做了详尽的论述。而1944年在重庆出版的《明末义僧东皋禅师集刊》（*Collected Writings of the Ch'an Master Tung-kao，a Loyal Monk of the End of the Ming Period*），则是一部填补中国佛学史空白的开山之作。该书成书时间长达七年，期间高罗佩遍访中日名刹古寺、博物馆院，共觅得东皋禅师遗著和遗物三百余件。1958年，他耗时十余年完成的《书画鉴赏汇编》（*Chinese Pictorial Art as Viewed by the Connoisseur*）在罗马远东研究社出版。全书内容分两部分，前一部分泛论中日屋宇的式样、书画的悬挂方法以及装裱技术的衍变，后一部分讲述毛笔的构造、墨的制作、纸绢的特质、书画真赝的鉴别，堪称一部东方艺术鉴赏大全。

不过，高罗佩的最大学术成当属中国古代性文化研究。1949年，因日文版《迷宫谜案》的一幅裸体封面图，高罗佩开始对中国古代性文化进行研究。他广集史料，探幽索隐，费尽周折收集历朝历代春宫画册，又参阅了一系列的明末情色禁书，终于辑成了中国古代性文化的拓荒之作《秘戏图考》（*Erotic Colour Prints of the Ming Period*，1951）。在这之后，高罗佩继续中国古代性文化研究，且时有新的发现。适逢荷兰图书出版商建议撰写一部面向更多西方读者的中国古代性文化著作，于是他便有了洋洋数十万言的《中国古代房内考》（*Sexual Life in Ancient China*，1961）的问世。相比《秘戏图考》，该书的社会文化史研究气息更浓，且内容上有增补，还更新了许多旧的译文，添加了许多新的引文；观点上有修正，尤其是强调爱情的高尚意义，反对过分突出纯肉欲之爱。直至今日，该书仍是东西方性学家了解中国古代性文化的重要参考文献。

三

正是对于中国历史文化的研究，让高罗佩发现了《武则天四大奇案》等中国公案小说的价值，并选择性地翻译、出版了《狄公断案精粹》。在“译者前言”中，高罗佩指出，多年来西方读者所理解的中国侦探小说，无论是厄尔·比格斯（Earl Biggers， 1884—1933）的“查理·张系列小说”（Charlie Chang series），还是萨克斯·罗默（Sax Rohmer， 1883—1959）的“傅满洲系列小说”（Fu Manchu series），其实都是“误判”。真正的中国侦探小说是如《武则天四大奇案》这样的中国公案小说。而公案小说早在1600年就已经存在，时间要比爱伦·坡“发明”侦探小说的年代，或者柯南·道尔（Conan Doyle，1859—1930）“打造”福尔摩斯的年代，早出几个世纪。公案小说多有特色，主题之丰富、情节之复杂、结构之缜密，即便是按照西方的标准，也毫不逊色。然而，由于一些文化传统的原因，迄今这类小说不为广大西方读者所知。他呼吁西方侦探小说作家应该关注这一被遗忘的角落，积极改写或创作以中国古代探案为主要内容的侦探小说。[①]鉴于和者甚寡，1950年，他尝试创作了以狄公为主角的《迷宫谜案》。

深厚的汉学修养以及对中国历史文化的痴迷，让高罗佩在创作这十

① *Celebrated Cases of Judge Dee: An Authentic Eighteenth Century Chinese DetectiveNovel*, Translated and with an Introduction and with notes by Robert van Gulik, Dover Publications, Inc, New York, 1976, pp. i–v.

六卷狄公案时有意无意地融入了较多的中国古代文化元素。“漆画屏风”“柳园图”“朝云观”“紫云寺”“红阁子”，这些关键词本身就是一幅幅色彩斑斓的风俗画，给西方读者以丰富的中国文化意象；而小说中的许多故事场景，如“迷宫”“花亭”“半月街”“桂园”“乐苑”“黑狐祠”“白娘娘庙”“罗县令府邸”，更无疑是生动的中国建筑大览。此外，还有许多与案情有关的关键物件，如竖琴、棋谱、毛笔、画轴、香炉、算盘、绢帕，也不啻一件件极其珍稀的古文物展示，勾起了西方读者对中国传统文化的无限向往。

当然，最值得一提的是，“狄公案”蕴含的道家思想。在《迷宫谜案》故事刚一开始，高罗佩就描绘了一个仙风道骨的太原府狄公后裔。他头戴黑纱高帽，身穿宽袖长袍，胸前白髯飘拂，举止谈吐不凡。正是他，讲述了狄公当年在兰坊县任上所破解的三桩命案。之后，故事套故事，小说中又出现了一个鹤发童颜、双唇丹红、目光敏锐的道家隐士，他于狄公断案百思不得其解之际指点迷津。由此，狄公锁定了倪氏财产争夺案的元凶。

显然，高罗佩在暗示读者，狄公之所以能屡破谜案，是因为有“高人”相助，而这“高人”并非别的，乃是他所信奉的“清静无为”“顺应天道”“逍遥齐物”的老庄哲学。事实上，现实生活中的高罗佩也是一个老庄哲学推崇者。在《琴道・后序》，高罗佩曾经谈到自己的抚琴体会，认为其秘诀在于遵循老子说的“去彼取此，蝉蜕尘埃之中，优游忽荒之表，亦取其适而已”[①]。之后，他进一步明确指出：“我认为道家思想对琴道衍变有决定性的优势，或者说，虽然琴道的产生及基本观念源于儒家，但内涵却是典型的道家。”此外，在《中国古代房内考》中

---

① Robert van Gulik. *The Lore of the Chinese Lute: An Essay in the Ideology of the Ch'in*. Sophia University, Tokyo, 1941, pp. xiii.

高罗佩也有类似的说法："道家从自己与自然的原始力量和谐共处的信念中得出合理结论，并固定下来，称之为道。他们认为人类的大部分活动，都是人为的，只起到疏远人和自然的作用，由此产生非自然的、人工的人类社会以及家庭、国家、各种礼仪、专横的善恶区分。他们提倡回复到原始质朴，回复到一个长寿、幸福、没有善恶的黄金时代。"①

四

然而，高罗佩并非不分良莠、一味地融入中国古代文化元素。高罗佩曾总结了《武则天四大奇案》等中国古代公案小说的五大"弊病"。首先，小说伊始即介绍罪犯，细述犯罪的经过和动机，从而丧失了故事基本悬念。其次，崇尚神鬼等超自然力量，断案判官能潜入冥王地府与受害者对话，动物、炊具也能上法庭做证。再有，故事冗长，情节拖沓，动辄数十章，甚至数百章。再有，出场人物过多，难以分清主次、理清线索。最后，惩罚罪犯过分，残忍地诉诸暴力。②

高罗佩"狄公案小说"的整个谋篇布局，沿用西方古典式侦探小说的创作模式，并突出运用了许多行之有效的创作技巧；譬如采用阿加莎·克里斯蒂式的"高度悬疑"，几乎每卷都有这样的设置，典型的如《紫云寺谜案》；又或如柯南·道尔式的"科学探案"，这一技巧的运用集中体现在小说主要人物形象的提升和重塑上。在高罗佩的笔下，狄公已经不单是那个为政清廉、刚正不阿、体恤民生、只凭聪明才智断案的

① Robert van Gulik. *Sexual Life in Ancient China: A Preliminary Survey of ChineseSex and Society from Ca. 1500 B. C. till 1644 A. D.*Leiden, E. J. Brill, 1974, pp. 42–43.

② *Celebrated Cases of Judge Dee: An Authentic Eighteenth–Century Chinese DetectiveNovel*, Translated and with an Introduction and with notes by Robert van Gulik, Dover Publications, Inc, New York, 1976, pp. ii–iv.

青天大老爷，而是博学、勤政、亲民的“公务员”，是依靠仔细调查和缜密推理破案的“科学”神探。他手下的几个随从，马荣、乔泰、陶干和洪亮，也一改“四肢发达、头脑简单”的性格描写窠臼，变成有血有肉、智勇兼备的破案搭档。作为一县之长，狄公不但熟悉辖区具体政务，还擅长同各种各样的人打交道，了解他们的喜怒哀乐和实际需求。他深谙犯罪心理学，勤于现场勘查，善于从蛛丝马迹中寻找破案线索，并层层剥茧抽丝，缜密推理。在《漆画屏风谜案》第五章，高罗佩以十分细腻的笔触，描述了狄公如何在沼泽地查看一具女尸的情景：

> 狄公重新掀开裹盖女尸的袍服。除了那袍服外，女尸一丝不挂，一把短剑从左侧乳房直插胸部，露出剑柄。剑柄周围有一摊干涸的血。他细看那剑柄，发现质地为白银，上面镂刻了美丽的花纹，不过年代已久，呈现出黑色。他断定，这把短剑是一件稀世古董，只因那个乞丐不识货，在盗窃耳环和手镯的时候，没有将它拔出带走。他摸了摸那乳房，表面冷而黏湿，接着又抬起她的一只胳膊，觉得还有弹性。看来，这个女人被害的时间不过几个时辰。他想着，这安详的神态、简便的发型、裸露的胴体、赤裸的双脚，都说明她是在床上熟睡时被害的。①

这段描写，与柯南·道尔在《巴斯克维尔的猎犬》中描述福尔摩斯现场勘查爵士死因简直有异曲同工之妙。不过，高罗佩没有无限拔高狄公，而是描写他有时也会被假象所蒙蔽，也会因怀疑自己判断有误而心虚。此外，他还有七情六欲，不但娶有三房夫人，还看见美丽、善良的女人

① Robert van Gulik. *The Lacquer Screen: a Chinese Detective Story*. The Universityof Chicago Press, Chicago, 1992, p. 52.

就动心。《铁针谜案》中暗恋郭夫人便是一例。

再如约翰·卡尔的“密室谋杀”。所谓密室谋杀，是指罪犯在一个完全封闭、看似无法出入的空间环境内所实施的谋杀，往往产生一种独特的惊悚、神秘的效果。高罗佩似乎谙于这一技巧，在大部分“谜案”中都有展示。《红阁子谜案》中的举人李琏和花魁娘子秋月先后“自杀”，显然是一种密室谋杀，因为两人均死在卧室，房门紧锁；而《朝云观谜案》中的前任住持玉镜“讲道时突然仙逝”，也是与密室谋杀不无联系，因为众目睽睽之下，凶手没有任何作案机会。

立足西方古典式侦探小说创作模式，选择性融入中国古代文化元素，一切以故事情节生动为准则，高罗佩的十六卷“狄公案小说”就是这样成为早期西方历史侦探小说的成功范例，同时也赢得世界千千万万读者的青睐。

黄禄善

2017年10月26日

2020年12月1日修订

黄禄善，上海大学外国语学院教授，上海作家协会会员、上海翻译家协会理事，英国皇家特许语言家学会中国分会副会长。译有《美国的悲剧》等十部英美长篇小说，主编过八套大中小外国文学丛书，其中由长江文艺出版社、花城出版社出版的“世界文学名著典藏”（精装豪华本）近二百卷。

東

EAST

HARE · DRAGON

卯

南
SOUTH
AKE · HORSE · SHEEP
午 未 申
西
WEST
COCK · DOG · PIG ·
酉 戌 亥
子
RAT ·
北
NORTH

目录

晨猿·暮虎

晨猿谜案

【中篇小说】

汉源县令　**狄仁杰**
狄仁杰的随从　**陶　干**

药铺掌柜　**王掌柜**
当铺掌柜　**冷掌柜**

流浪汉　**沈　魁**
沈宽的妹妹　**沈姑娘**
流浪汉　**张　忠**

狄公坐于私邸后院的游廊敞轩内，享用着夏日早晨的清凉。适才他同家眷一起用完早饭，现下正孤身一人品茗啜饮。自调任地处湖滨的汉源县令之后，他便养成了晨间独自品茗的习惯。他拽了拽藤椅，将身子靠近雕花大理石护栏，遂轻捋长长的黑髯，惬意地欣赏着眼前的景致。但见游廊前缓缓而起的山坡之上，草木葱葱，茂林郁郁，宛如一绿色屏障，令人神清气爽。其间，小鸟的啁啾声以及更远处瀑布的奔泻跌宕声次第传来。狄公心知，县衙升堂问事的时刻将至，不禁暗自感慨，悠闲短促，清净难得。

蓦地，耳边一阵沙沙声，只见两只毛茸茸的黑色通臂猿从不远处的树顶窜起，细长的双臂在树枝间迅捷地腾跃，所过之处，落叶纷纷。望着这两只通臂黑猿，狄公微微一笑，心下赞叹这林间灵物的身形敏捷、轻盈优雅。这些在山坡上生活的通臂黑猿，天性害羞，却也熟谙这位日日清晨在此独自品茗者的身影。偶尔，也有些个黑猿会骤然现身，停留片刻，轻巧地抓取狄公扔给它们的香蕉。

树叶再次簌簌作响，又一只黑猿出现了。它用长臂与脚掌缓缓而行，行至廊前，在一根被压低的树枝上吊住了身子，右掌隐约可见攥着一样小物件。那黑猿，圆圆的棕色眼睛，甚是好奇地盯着狄公。此刻，狄公业已看清了黑猿掌中的物件。那是一枚光彩夺目的金戒指，上面镶着大颗的绿宝石。他深知猿类喜好争夺捡拾这些个小物件，倘若不能入口，不一会儿它们就会弃之而去。此刻若不设法让这只黑猿丢下此物，这枚金戒指很快便会被抛在密林里，如此一来，便再也无法寻见了。

眼下，狄公身边并无水果等物可用来分散黑猿的注意力。他很快自袖内取出火镰盒，将盒中物件一一倒在茶几之上，装作细细检视，并时不时嗅嗅。同时，他眼角余光瞥见，那只黑猿正注视着自己。不多一会儿，黑猿便丢了掌中的戒指，跳到一根低矮的树枝上，长臂伸展，兴致勃勃地模仿着狄公的动作。此时，狄公注意到黑猿身上粘着几根稻草。没过多久，黑猿便显得兴味索然。它善意地低吼了几声，遂飞身跃上高高的树枝，消失在绿叶密布的树林中。

狄公翻身跨过护栏，抬脚踩上山坡一苔藓遍布的巨石，片刻

狄公见通臂猿手里抓着一枚绿宝石戒指（高罗佩　绘）

便找到了那枚亮闪闪的金戒。而后，他返回游廊。他细细端详着手中的戒指，从大小上判断，戒指为男子佩戴。但见指环上镶有两条相互缠绕的金龙，上嵌的绿色宝石乃一颗个头硕大、质地甚佳的祖母绿。狄公暗忖，现下戒指的主人必是在急切地找寻此宝物。他正欲将戒指纳入袖中，却发现指环内侧有几处暗褐色的斑点。狄公双眉轻蹙，凑近端详，发现这些斑点好似干了的血渍。

他回身击掌唤人，私邸的老管家迤然走来。狄公问道：

“此处山坡上可有什么住家?”

“回大人话，此处坡陡林密，实未有住家。不过山顶上倒是有几栋宅院。”

“对，我曾见过那些个消夏避暑的院落。你可知这些宅子如今都住着何人?”

“回大人话，小的记得，至少典当铺子的冷掌柜和药铺的王掌柜都住在那里。”

“姓冷的我倒不识，王掌柜……可是孔庙对过市集上的药铺掌柜，长得五短身材，为人精干，却整日价愁容满面的那个?”

“大人所言极是，王掌柜也确实愁苦不堪。在下听说，他流年不利，目下生意极差，膝下独子又是个痴傻儿，大字不识一个，来年就满二十五了，也不知将来如何……”

狄公点了点头，心下思忖。山顶之上虽说有宅院，可黑猿生性羞怯，不太可能翻墙入院。纵使那黑猿在哪个大院子里捡到戒指，也不会耐着性子携着此物到处游走，估计未下山坡便在穿过树林时丢了。想必，这戒指是在山坡上被黑猿捡到的。

他支开老管家，再一次细细端详手中的戒指。蓦地，祖母绿宝石的光芒似乎变得幽暗失色，恍若阴沉的眸子，正悲凄地注视着他。狄公暗恼自家的多愁善感，遂毅然决然地将戒指纳入长袖。是的，他会让衙门发个戒指招领的布告，待那失主现身，此事自然也可了结。狄公回屋，疾步穿过私邸，遂来到前院。这前院直通县衙大堂的中庭。

这前院四周，高墙耸立，挡住了初夏的晨光，令人感到凉爽惬意。衙役们早已在院当中列队整齐，班头正逐一检视众人的器具装备。见县令大人走来，衙内众人肃立注目。狄公正打算走进县衙大堂，忽地想到了什么，随即止步，转身问那班头道："私邸后的山坡密林里，可有人家居住？"

"回大人话，据小的所知，那儿没住什么人家。不过半山腰倒是有间小小的木屋，过去曾有砍柴的樵夫歇脚，现已荒废很久了。"说完，他又郑重其事地补充道，"大人，有些个流浪汉晚上会去那儿歇息，所以小的常去巡察，以防那帮无赖闹出乱子来。"

狄公暗忖，这倒有些眉目。半山腰有一废弃的小屋……

"你说'常去'，此话怎讲？"

"呃，小的意思是……大体上，大体上三四十天便会去看一次……"

"这哪是什么'常去'！"狄公厉声打断道，"本县要你……"狄公止住了话头，自觉有些失态，心下甚为不安。想必是近来脾胃不和，败坏了心绪，或是早饭不该进肉食？他改容易色，和善地问班头道："那小屋距此处多远？"

“大人，坡上有条小路，步行的话，一刻时便至。”

“那好，去把陶干唤来。”

班头赶紧奔往大堂，不一会儿便带来个瘦骨嶙峋的老年男子。此人身着棕色旧长袍，头顶玄色纱制四角方巾；一张长脸上挂着苦相，颌下蓄着稀疏的胡须，左脸上生了颗痣，其上兀自长着三根黑毛。陶干欠身向狄公问安，狄公忙将他拉到大院一边，让他看了看戒指，并细述了事情的来龙去脉。

“你留意到上面的血渍了吗？许是戒指的主人在林间走动，手指割破，遂去小溪边摘下戒指清洗，未承想却被那通臂猿捡走。这戒指看上去价值不菲啊。此时离县衙升堂尚有半个时辰，我等不妨去密林里检视一番，没准儿戒指的主人尚在四处寻觅呢。对了，今日衙中可有什么重要的公文信件？”

脸色苍白的陶干答道：“大人，在江北处理公务的洪参军差人送来信札，说是马荣和乔泰那儿仍未发现什么线索。”

狄公眉头紧蹙，愀然不乐。两天前，狄公派洪亮偕两位得力的随从去邻县江北查访一件要案。“也罢，”他叹口气道，“出发吧。快走一圈对我等也有好处。”他唤来班头，令其带上两名衙役随行。

众人从后门出了私邸，班头领路，一干人沿着那条通往密林的泥泞小路行走。

小路狭窄，曲折，依山势蜿蜒而上。众人艰难前行，沿途未见人迹，唯有巨树顶上小鸟的啾啾聒噪声一路相伴。走了差不多一刻时，班头停下脚步，指着前方一片高大的树林叫道：“大人，就在那里！”

没多久，众人便来到了一处空地，四周皆是橡树，参天耸立。空地不大，边上有间茅草覆顶的小木屋，上下苔痕遍布，门窗紧合。屋跟前有个粗大树干做成的砧板，边上堆着些稻草。这里寂静荒凉，犹若坟场。

狄公踏着被露水打湿的齐膝高的草丛来到屋前，拉开屋门。幽暗的屋子里，依稀可见一张木桌、两把木凳，后墙边摆放着一张空无一物的板床；而地上，却躺着个死人，身着旧蓝布罩衫和裤子，下颌低垂，双眼直直瞪着前方。

狄公转身命班头打开窗户，遂和陶干蹲下身子细勘尸身。死者已有些年纪，瘦瘦高高的，脸盘方正，灰白的胡须修剪齐整，头顶的白发上有一大片血污，右臂曲弯于胸前，左臂顺身子伸着。狄公本欲抬起死者的手臂，却发现尸身早已僵硬。

“遇害时间定是在昨晚。”狄公低声自语道。

“大人，您看他的左手是怎么回事？”陶干问道。

死者的左手除了拇指之外，其余四指均已被切断，但见指根断处满是血污。

狄公细细检视着残缺的手掌。“陶干，你可发现食指根部那圈白色的皮肤压痕吗？这压痕的轮廓与那戒指双龙缠绕的形状契合。若猜得不错，此人便是那戒指的主人，而他是被杀害的。”言罢，狄公起身吩咐班头，“叫人把尸身抬至屋外。”

两名衙役将尸身拖走后，狄公和陶干随即搜查了屋子。地板和桌椅之上皆覆着厚厚的灰尘，可床板却干干净净的，小屋内也未见丝毫血迹。

陶干手指尘土满布的地面，但见其上脚印杂乱，遂道："可以断定，昨晚有多人在此停留。这一脚印似为身材娇小的女子所留，那一脚印是男人的，显然是个壮汉。"

狄公点了点头，又查看一下地面，方才言道："地面未曾发现有尸身拖动的痕迹，死尸定是被人从屋外抬进来的。他们清理了床板，却未将尸身放上去，反倒扔在了地上，着实奇怪！来，我等出去再细勘一下尸身。"

走至屋外，狄公指着一堆稻草说道："你看，所有这一切都与我的推断相吻合。早晨，我注意到通臂黑猿身上粘着些个稻草，想必尸身被抬到小屋时，那戒指已从左手食指断处滑下，落到了这堆稻草上。黑猿今晨打此经过时，稻草中光闪闪的金戒指自然逃不过它那双锐目，遂攫入掌中。我等沿着那条曲折小路来此处花了一刻时，但那黑猿若由此出发，在树梢上攀缘腾跃，就如同乌鸦飞抵那里一般，瞬间便可来回。"

陶干闻言，俯下身子将砧板检视了一番。

"大人，此处未见血渍，那四根被切断的手指也未见踪迹。"

"显见死者并非于此遇害，"狄公断然说道，"是死后方被移来此处。"

"大人，如此说来，行凶之人必定身强力壮。须知背着尸身一路到此绝非易事，除非他还有个帮手。"

"我等再勘验一番。"

陶干细细查勘死者的衣物，狄公则仔细察看尸身的头部。他判断死者的头颅是被什么很重的利器所击中，没准儿是个铁锤。他又检视了死者那只完整的右手，但见手掌和指间满是老茧，但指甲较长，且保养得很好。

“大人，端的看不出什么。”陶干说道，“连一块手巾都没有看到，这凶徒必是拿走了所有可辨识遇害人身份的物件。”

“但无论如何，我等还有那枚戒指。”狄公言道，“毋庸置疑，那人也想得到此物。可以想见，发现戒指不见后，那人定也疑虑是从断指脱落后掉在了路上，或许也曾提着灯笼来回寻找，但徒劳无获。”

狄公回身，见班头正闲着无聊用牙签剔牙，便道：“你可曾见过此人？”

“大人，没见过，小的从没见过此人！”他看了看站在旁边两名衙役，以目示意，两人也忙不迭摇头。班头又接着言道：“或许是从别处来的流浪汉。”

“你让手下用结实的树枝扎个担架，将尸体抬回县衙，唤衙内衙役都来认认，看是否有人认得。然后令仵作验尸。之后再去市集上把王掌柜传至县衙。”

回衙途中，陶干好奇地问道：“大人可是认为这药材铺子的掌柜知道些什么？”

“倒也不是，只是适才推想，尸身或许自山上被移至木屋，故想问他，昨晚山顶上是否有流浪汉和无赖喧哗生事。此外，我还想问他，山上除了他和那位典当铺的冷掌柜，可还有其他什么人住着。天哪，我的长袍被钩住了。”

陶干拉扯那些恼人的树枝时，狄公接着言道："从遇害人的穿着看，他该是个佃农或者工匠；可从长相看，却又似读书人。此人肤色较黑，双手虽然生茧但也保养得不错，说明此人是个有教养但却需要常年在外操劳之人。手上戴着如此大一枚贵重的宝石金戒，料想此人是个富人。"

一路上，陶干再未作声。在众人走到山脚的泥泞小路时，陶干又缓缓言道："大人，在下看来，身上有一枚贵重的戒指并不能说明此人富有。一般而言，四处游荡的江湖骗子都很迷信，这些家伙常常会随身携一件偷来的珠宝。因为他们相信，这玩意儿能带来好运。"

"倒也是。我全身尽湿，先去更衣。你我二堂内见。"

狄公沐浴后，换了身绿缎织锦官服。升堂时间未到，他尚可品一杯香茗。陶干帮他戴上了乌纱官帽，两人一同来到县衙大堂。衙里只有几件例行的公务需要处置。不到两刻时，狄公就便一拍惊堂木退了堂。回到二堂，狄公端坐在宽大的书案之后，把一大沓公文推至一旁，将那枚祖母绿金戒拿起来仔细端详。他自长袖里取出折扇，指了指金戒道：

"陶干，此案端的古怪！那些个断指究竟何意？是那行凶之人下手前，为从他口中套出些什么而行此折磨之事呢，还是杀人后切去留有痣节之类特征的四指，好叫人认不出来？"

陶干当下并未急着答话，而是为狄公沏了一杯热茶，然后在书案前的椅子上坐定。他不徐不疾地扯着左脸上的三根长毛，开口言道："大人，这四根手指似同时切断。在下以为，可能第二种推断可信。据班头说，那间废弃的小屋常有流浪汉歇脚。现下，无赖之徒常常成帮结伙、勾搭成奸。若想入那些个兄弟帮会，入伙者须誓言效忠头目。为逞其忠勇无畏，他们常常会面不改色地切下自家小指指头。此案或许正是一宗帮会凶案，行凶之徒切断此人四指，正是为了掩盖死者小指残缺，如此这般，自然也就断了查案追凶的关键线索。"

狄公以扇点桌，颇为称许。

"陶干，你所论所断，甚是在理。倘若你的假设是对的，那就是说……"

一阵叩门声响起，但见仵作进来。他向狄公躬身施礼，将一份业已填写完毕的尸格呈于书案之上。他道："大人明鉴，这是在下检视尸身后所记的尸格。除了死者姓名之外，其余细节，皆已详细写明。此人显然身强体健，身上并无残缺，也无暗疾明伤，连胎记或疤痕都没有。他是被人用铁锤之类的器物重击头部而亡。左手四指被切，是死前切下还是死后切下的，委实无法判断。可以断定的是，他是昨晚遇害的。"

仵作挠了挠头，尴尬地说道："大人，对于那些个断指，在下委实感到困惑，没法搞懂那四根手指究竟是如何被弄断的，断指切口处骨节完整，切面光滑而不粗糙，皮肤也完整。这只手必是被放在某样平坦之物的表面，四指被一件重重的利器同时用力而断的。从伤口判断，这利器既非斧也非剑，但究竟是何物，大人明鉴，在下实不敢妄断。"

狄公将尸格浏览一过，抬眼问道：“此人双脚如何？”

“大人，看上去此人常年跋涉，双脚满是老茧，指甲断裂。死者显然常年在外奔波，且惯于赤足而行。”

“嗯，可有人认出死者？”

“回大人话，众人都未曾见过此人。衙里众人逐个辨认尸身时，在下就在边上。”

“有劳了，退下吧。”

一直候在外面的班头见仵作退出二堂，遂忙进来向狄公禀报，药铺王掌柜已到。

狄公将折扇一合，道：“带上来。”

药铺掌柜五短身材，背部微驼，一袭黑色缎袍，头戴玄色方巾；脸色苍白，蓄着黑色的山羊胡须，但神情冷漠。狄公待他躬身施礼后，温言招呼道：“王掌柜，此处非公堂之上，但坐无妨。实不相瞒，劳烦你来，是想问问山顶上的一些情况。你日间在店铺中张罗，但晚间想必是在山上的宅院里过的夜。”

“大人所言极是。”王掌柜彬彬有礼，款款作答，“这个时节，山上比城里凉爽许多。”

“确实。本县听说，昨夜有些地痞在山上喧嚷滋事。”

“没有啊，大人，昨晚山上静谧。不过，平日白天里确实时不时可见一些流浪汉和地痞无赖在那儿出没。可一到夜间，那些人怕巡夜的差人追捕，便会老老实实躲入树林里。这帮渣子在此地出没，确实是居于山顶之上的唯一缺憾。小的偶尔能听见这帮人在路上大呼小叫，但山上的宅院都筑有高墙，因此我等也就乐得省事，不闻不问罢了。”

“王掌柜，你或可询问一下你的家仆，看他们可曾听到过什么。聚众喧哗未必发生在大道朝天之处，没准儿就在你宅院后的树林里。”

“大人，在下可以保证，他们一无所知。整晚在下都待在自家宅院里，全家上下没人迈出过门槛。大人，您可问问与在下毗邻而居的典当行冷掌柜，他……他倒是个闲不住的人。”

“王掌柜，眼下还有谁住在那儿?”

“没其他人了，大人。此处还有三座宅院，皆为京城来的富商所有，但他们只在盛夏时节来此避暑，平日里宅子并不住人。”

“明白了。还需烦劳你去趟停尸房，辨认一下流浪汉的尸身，看看可曾见过此人。”

待王掌柜躬身退下后，陶干说道：“大人，也有可能死者是在城里哪家酒肆或者低档的寻欢场所被杀。”

狄公摇了摇头。“倘若真是如此，他们该把尸身藏于地板之下，或者扔入哪口枯井里。他们不会大着胆子将尸身运出城，并携至山上，须知，如此大费周章定然会惊动县衙。”言罢，他从袖中取出那枚戒指交于陶干，嘱咐道：“适才仵作在时，我便有意叫你去城里的当铺打问一番，让此物露露脸。你现下就去，别管那些个公务了，我自会处理。”

狄公望着陶干笑了笑，接着便开始整理那一大堆清晨送达的公文。分门别类之后，狄公便心无旁骛，埋首于文书之中。晌午之前，他仅被打扰过一回，是衙役前来复命，说王掌柜已辨认过尸身，声言从未见过此人。

午间，狄公由随从伺候着在书案旁就着一碟小菜吃了一碗粥。饭后品茗之际，他又想起那个被害的流浪汉，不禁缓缓摇了摇头。虽说此案看上去比较像是帮会作案，但他总觉得有些蹊跷，似别有缘由。他直觉这被害之人并非流浪汉，相反，此人性格刚毅，识文断字且颇为睿智。这想法狄公目下并不打算告诉陶干。这位属下才来了十个月，狄公不想泼他冷水，因为他把“四指的下落”作为破案的重点。况且，坦诚说出自家的直觉而非事实依据显然不妥。

狄公放下茶盏，轻叹一声，随手移来一沓厚厚的案卷，这是有关邻县江北违法私运案的所有档案。就在四天之前，巡察的官兵发现有三人将两只箱子通过汉源与江北之间的界河运到汉源。当时，三人见势不妙，抛下箱子遁入密林中。官兵们发现，箱中有大量的金粉、银粉，还有樟脑、水银和一袋袋名贵的高丽参。依律，这些货物应向官府缴纳数额巨大的关税。此案发于江北，狄公的同僚、江北县令受命详查此案，但苦于缺少得力的帮手，故向狄公求助。狄公忖度那些个私运的贩子在汉源或有共犯接应，遂一口应承，并命洪参军及两名亲随马荣、乔泰速往江北协查此案。眼下，三人已在横跨界河的桥上设置了关卡。

狄公从卷宗里取出这一区域的地图，细细参详。马荣与乔泰已派出官兵搜索了附近的密林，并对周边的农人详加盘问过了，但毫无所获。此案着实棘手，州府对作奸犯科私贩货物的案子甚是看重，特意发来公文，严词责令汉源、江北两县尽速破案。上峰明示，此案要害之处在于所涉私贩货品数额巨大，绝非单纯的私运案件，其背后定有一个强大的帮派在谋划运作。三名案犯显系关键证人，唯有他们才可供认出主谋为谁。公文中提到，州府官员怀疑京城某位权贵是该帮派的头目，倘若擒贼无以擒王，首犯不到案，违法私运仍将猖獗。

狄公摇头一叹，替自家沏了一盏茶。

此时此刻，市集上的陶干感觉周身疲惫，心中甚觉烦躁。炎炎日头下，市集一角的鱼肆散发着腐臭的味道，他已在市集上走访了六家典当铺和几家小金铺，还去了一些个藏污纳垢的廉价客栈和小酒馆，可没人认得这枚戒指，也没人听说昨夜县域内发生过帮会火并。

行至孔庙，他迈上庙前宽大的石阶，见到处是拥挤的人群和摊贩，遂悻悻然在一个油饼摊位的竹凳上坐下。他揉着酸疼不已的双腿，心下哀叹，这可是狄公首次派他单独办差，此前他只是协同马荣、乔泰一起办案，可能这次会搞砸。

“罢了，”他自言自语道，“或许我缺乏他们两位的体力和经验，但我对帮派地痞懂得可不少。可为啥……”

“我说，这位子是做生意用的，可不是白白给你歇脚的。”油饼摊主刻薄地嚷道，“再者说，您老的长相可吓跑了不少客人。”

陶干白了他一眼，掏出五个铜板买了些油饼。陶干向来节俭，这些便可以打发一顿饭了。他口里嚼着饼，目光掠过市集，遂细细打量起王掌柜家气派的药铺。铺子正脸漆面光亮，边上有座高大的灰石砌就的房子，深扃固钥的窗户上挂着块“冷氏典当”的小招牌。

“流浪汉可不会光顾这么高级的当铺，”陶干心下暗道，“既然来了，倒不妨进去看看。姓冷的在山上有座宅院，正好问问他昨晚可曾听到或看到些什么。”他起身挤过人流拥挤的市集。

当铺相当宽敞，约莫十多位衣着光鲜的客人站在高高的柜台前，兀自与伙计们谈着生意。柜台后，一个高高胖胖的人端坐于账台之上，粗壮白嫩的手在一张大号的算盘上拨弄着。此人身着一件肥大的灰袍，头顶玄色方巾。陶干从宽大的衣袖中取出一张名刺，递给离自己最近的一个伙计，名刺之上写着“聚宝斋陶干”等字样，小字则注明店铺位于京城一条著名的珠宝街上。在陶干以往的营生中，这类骗人的名刺乃是常备之物，可自追随狄公之来，他虽留着这些物件却从未用过。

账台上的胖子接过伙计递上的名刺，赶忙起身踱到柜前，圆脸上堆满笑容。他施礼道：“敝店可有什么为您效劳的？”

“冷掌柜，有件私事请托。有人想卖给我一枚祖母绿金戒，价格只有市价的三成，我怀疑其来路不正，想请冷掌柜找人看看，可有谁来为当物询过价。”

说话间，他已从袖中取出那枚戒指，置于柜台之上。

冷掌柜一见，脸色大变。

“没有，”他断然答道，“从未曾见过！”言罢，他又坐回账台后，对着在旁偷窥的贼眉鼠眼的伙计喝道：“干你的活去！”说罢，他又跟陶干说道：“陶掌柜，抱歉得很，此事在下爱莫能助。”适才在一旁偷窥的伙计冲着陶干使了个眼色，下巴朝当铺门口点了点。陶干颔首会意，遂步出大门。但见相邻的王掌柜的药材铺门廊前有排石凳，陶干遂坐下静候。此刻药材铺的两个伙计正忙着制作丸药，一人用药铡切着草药，还有两人在分拣晒干的蜈蚣和蜘蛛，用这些东西炮制的药酒可是止咳的良药。

一阵脚步声传来，但见当铺伙计来到陶干身边，屁股一落座便道：“那蠢驴没认出你来。”他嘿嘿一乐：“可我一下子就认出了你，我在县衙见过你，那时你坐在衙门书吏的桌子旁。”

“别废话了，说正事吧。”陶干催促道。

“我的老兄，那死胖子把你骗了。他是见过那枚金戒的，就站在柜台边，手里拿着它。”

“掌柜的记性那么不好？”

“扯吧，他精着呢！两天前，有个长相不错的小妞拿着这金戒来当铺，我上前询问是否要典当，可掌柜的却一把推开我。这老色鬼，总喜欢勾搭漂亮女人！哼，我便暗中注意他俩，不过没听见他们低声说了啥。过了一会儿，那小妞就拿着金戒走了。”

“那女子看起来像是什么人？”

“这么说吧，她肯定不是大家闺秀，身上穿着打了补丁的小袖蓝裙，像个干粗活的丫鬟。老天爷在上，我要是发了财，一定得使唤上这么个丫鬟，她可真是个美人儿哟。不管怎么说，我家掌柜是个大骗子，私底下可干了不少为非作歹的事，甚至还敢逃官家的税。”

"看来你对你家掌柜不太满意啊。"

"你该知道他是怎么盘剥咱的。他和他那个自大的混蛋儿子从早到晚紧盯咱不放，就怕大伙儿偷他们家的银子。如果县衙能每个月赏我十个铜板，我就向你们告发，亮出他逃税的证据。我刚才说的那些个，怎么着也值二十五文钱吧？"

陶干起身拍了拍那家伙的肩膀道："听你这么说，不定哪天你也会变成个精于盘算的肥佬恶棍。"转而他厉声说道："用得上你的话，我以后自会找你。滚吧！"

一脸失望的伙计急忙回身去了当铺。陶干徐步尾随，进了当铺。他敲了敲柜面，不容置喙地令身材壮硕的掌柜来到跟前。陶干出示了钤有县衙大印的公文，冷冷道："冷掌柜，你得同我回县衙一趟了。县令狄大人要见你。你没必要更衣了，灰袍看着很得体。别磨蹭，我可没时间同你耗。"

两人坐着冷掌柜的豪华轿子一起来到县衙。

陶干命这位当铺掌柜在公堂上等候。冷掌柜重重地坐在公堂前的条凳上，随即打开随身携着的绸扇，不住扇着。当陶干到跟前唤他时，冷掌柜猛地跳起，焦虑不安道："小的到底犯了什么事？"

陶干同情地看了看他，心下窃喜。"呵呵，"他悠悠道，"官府公务我自不便透露。冷掌柜，我只想说，还好我未曾被你蒙骗。"

陶干带着浑身冷汗的当铺掌柜来到二堂，冷掌柜一见狄公便双膝跪下，不停磕头。

“不必如此，冷掌柜。”狄公冷冷言道，“你且坐下听本县吩咐。本县所问，你须得从实招来，如若不然，牢狱之灾，自是免不了的。你倒是说说，昨晚你身在何处？”

“老天爷啊，小的提心吊胆的就是这个！”胖掌柜惊呼道，“大人，小的只喝了那么两三盅，小的发誓！昨晚给铺子上门时，老友金银铺的朱掌柜上门邀小的去街边酒肆喝了几杯。大人明鉴，我俩总共只要了两壶酒，不想就醉了。小的还好，双脚算是稳便，那老叫花子来衙门告小的了，是吗？”

狄公点了点头，虽然他对姓冷的所说之事一无所知。倘若冷掌柜招认昨晚一宿在家，那狄公本想问他，昨晚可曾听到山上有什么动静，还会责问他为何在金戒一事上撒谎。眼下狄公只是淡淡地说了一句：“本县想听你亲口将此事述说一遍。”

“小的明白。昨晚同朱掌柜分手后，小的便令轿夫送小的回山上的宅院。轿子路过县衙转角时，一群痞子当街拦住了我们。依小的为人处世之原则，本不会在意。可不知怎的，大人您知道，小的，小的顿时怒从心头起，喝令轿夫停下轿子，准备好好教训一下这伙人渣。就在此时，一个老叫花子突然现身了。他先是踢我的轿子，随后又出口伤人，骂我是恶棍。欺人太甚，身为良民岂能咽下这口恶气。大人，小的只是下轿推了那老东西一把，他便倒地不起了。”

说话间，冷掌柜掏出一方大丝巾不住地擦汗。

“他的头可是流血了？”

“流血？当然没有，大人！他只是跌倒在烂泥路边。当然，小的本该细看究竟，但还未怎的，那帮痞子无赖却又开始对着小的大呼小叫，小的便连忙回到轿中，命轿夫起轿离开。走到山道半途，一阵冷风骤起，小的心下顿时害怕起来，怕那老东西性命堪忧。于是小的下了轿，借口要散散步，让轿夫们先行上山。之后，小的沿路返回山下，走到适才闹事的地方，可……”

“你为何不让轿夫送你下山？”狄公打断了他的话，问道。

冷掌柜看上去好生尴尬。

“大人有所不知，而今这些下人们端的刁钻无良，整日捕风捉影，讹诈觅钱，那老东西若真是出了什么事，小的可不想让他们知晓。小的回到县衙拐角，那老东西却早已不见了踪影。一个小贩告诉小的，我们的轿子刚离开，那老恶棍便神气活现爬起身往山上走了，一边走还一边对我连声咒骂。”

“这些本县清楚了，那接下来你又做了什么？”

“小的，小的雇了顶便轿，上山回家。这事叫小的心烦意乱，当小的走到自家宅院门口时，顿感天旋地转，一阵恶心。幸好王掌柜和他儿子散步经过。他儿子将小的背进了家门，幸得这孩子壮得如头牛一般。接着，小的便昏昏睡去。”

他再次擦了擦脸，继续道：“大人，小的悔不该将那老叫花子丢下不管。想必是他来县衙告小的了，罢了，只要数目合理，小的愿意赔偿他些银子……”

狄公起身，淡淡言道：“随我来，冷掌柜，给你看样东西。”

陶干陪着大惑不解的冷掌柜随狄公离开二堂。行至县衙大院，狄公令班头带他们前往停尸的监牢。班头将他们带入一间潮湿发霉的屋子，除了一张盖着芦苇席的木床外，四下里空荡荡的。

狄公掀起席子，问道："你可曾见过此人？"

冷掌柜一见尸身，便骇然失色地大声叫道："天哪！他死了，是小的杀了他！"

他随即跪倒在狄公面前，痛哭流涕道："大人饶命，小的发誓，那可是个意外啊！"

"公堂之上，你自可辩白。"狄公冷冷言道，"现下我们回二堂去，我还有话要问，还没问完，我的冷掌柜！"

回到二堂，狄公端坐在书案后，示意陶干坐下，却没让姓冷的坐，当铺掌柜只好在班头冷峻的目光注视下站在那里。狄公轻抚长髯，默默打量他一会儿，随即起身，自袖中取出那枚戒指，问道："你为何对陶干谎称从未见过此物？"

冷掌柜吃惊地看了看戒指，双眉紧蹙，但似乎并不惧怕狄公的突然发问。他沮丧地说道："大人，小的当时并不知道他是县衙里的人呀，否则小的是决计不会撒谎的。那时，这戒指叫小的想起了一件不畅快的事，小的不想和陌生人再提及此事。"

"嗯，你且告诉本县，那女子是谁？"

冷掌柜耸了耸肩道："大人，小的委实不知。那女子衣着寒碜，小指缺了一节，小的估摸是帮会里的人。她长相不错，得说，是个漂亮娘们。那天，是她将戒指朝柜台上一放，问此物可当多钱。大人明鉴，这戒指确实是件古董，估价六锭纹银，当然藏家兴许会出价十锭。小的告诉她，会给她个好价钱，若是典

狄公向冷掌柜询问案情（高罗佩　绘）

当，可以给她一锭纹银，要是出售，可以给两锭。生意不就是低进高出嘛，尤其碰上客人有好货时，您说是吧？可那女子并没还价，只是一把抓回戒指，来了句‘不卖了’，便夺门而去。此后小的再没见过她。”

“据本县所知，事情并非如此简单。”狄公面无表情地说道，“从实说来，你俩曾低声嘀咕些什么？”

冷掌柜赫然变色道：“看来那些个整日不干好事的伙计，又在暗中窥伺！大人，她一个乡下来的漂亮姑娘，在城里人生地不熟的，您该知道，小的……小的生怕她碰上些不安好心的家伙。”

狄公以拳击案，喝道：“别东拉西扯的，从实招来，你们究竟说了些什么？”

“好好，我说。”冷掌柜窘迫道，“小的跟她说，稍后可以在附近的茶馆碰头。小的还摸了摸她的手，好让她明白小的的意思。那姑娘当下就恼了，说若胆敢再骚扰她，便把门外等候的她大哥唤来，说罢就跑出门去了。”

“肃静！此人犯了过失杀人之罪，左右，将他上枷押入大牢。”

班头率众衙役将冷掌柜押了出去。

“陶干，给我再倒杯茶来。此事端的蹊跷。你可曾留意，在谈到那姑娘时，姓冷的与他的伙计说法相异。”

“太对了，大人！”陶干兴奋道，“那混蛋伙计没提到姓冷的和那姑娘在柜边争吵，只说了两人小声嘀咕。大人，我估摸那姑娘听了冷掌柜的话，至于双方争执，定是后来才发生的事。姓冷的后来杀了那流浪汉，原因也正在此。”

狄公正呷着茶，听得此话，不禁放下杯子，靠回椅背，说道：“陶干，按你的想法接着说，后来又如何？”

“正是这姓冷的好色才导致了这场飞来横祸。那女子和她大哥以及流浪汉等都属于一个帮派，姑娘只是个诱饵。姓冷的到了约定的屋子，正欲亲热，那姑娘便大声呼救，说姓冷的欲行不轨。如此这般，是那路人的惯用伎俩。姑娘的大哥以及那流浪汉遂冲了进来，趁机勒索。姓冷的想方设法溜走，可当坐着轿子准备上山时，那流浪汉率人将他们拦下，意图在街上大闹一场，好叫姓冷的花钱息事宁人。彼时，冷掌柜的轿夫们正忙着驱赶那些痞子，自然听不见姓冷的和流浪汉争吵。大人明察，可否如此判断？”

“甚有道理，如此也符合冷掌柜的心性。请接着讲。”

“那姓冷的坐着轿子来到山腰时，心中有些害怕。这倒不是担心流浪汉的性命，而是害怕那些个同伙前来报复。当听到小贩说流浪汉也上了山，他便一路尾随追了上去。半途中，他用一块尖角的山石，或用某种刀具的手柄将那流浪汉击倒，最后致其死亡。”

陶干止住话头，但见狄公频频颔首赞许，便又接着道：“姓冷的身强力壮且又熟悉此处地形，对他而言，背着尸身到废弃的木屋着实不难。他寻思，流浪汉的帮会身份万不可暴露，遂切断了他的四指。但究竟如何切断，小的也疑惑不解。”

狄公直起身子，手抚长长的黑髯笑道：“很好，你说得条分缕析！陶干，你之推断缜密，联想丰富，这些大可让你成为一名出色的县衙捕役。你适才所说，我会详加考虑。不足之处在于，你的论断全然基于一个假设，即那名伙计所述为真。当发觉两人所述不同，那目击者所讲也未必可信。话说回来，此时下结论为时尚早。我等须得细细检视所知线索，并想法获取新的证据。”

狄公见陶干有些沮丧，遂安慰道：“你上午的勘查很是出色，据此我等至少知道了三件事：一是有个漂亮姑娘与这枚金戒有牵扯；二是那姑娘有个大哥，无论如何，冷掌柜不至于凭空捏造个‘大哥’出来；三是那姑娘和她大哥都与那流浪汉有关联，兴许他们是外埠哪个帮会的成员也未可知。县衙上下无人知晓那具尸身究竟为谁。冷掌柜也曾说过，这姑娘并非本地人。下一步，你要尽早找到那姑娘和她大哥。此事该不会太难，一个面容姣好的外地女子定会引人关注。一般而言，帮会中的女子大多兼做皮肉生意。”

“大人，那我去找找城中的乞丐头子。他倒是个神通广大的家伙，也讲义气。”

“不错，这是个好主意。你去城中细细查访，我再核实一下冷掌柜的口供。我要提审他，还要传唤他的老友朱掌柜以及轿夫，让班头把那些个拦轿子的地痞无赖和那目击流浪汉起身的小贩也带来。此外，还需问一下王掌柜，看昨晚冷掌柜回家时是否已经醉倒。这些事本该由洪亮、马荣和乔泰来做，可他们另有公干，那我来替他们完成。去吧，希望一切顺遂！”

红鲤客栈里唯一的主顾便是那个站在柜台前的灰须汉子。但见此人身穿一件破旧的蓝长袍，头上戴着油腻腻的黑色头巾，满脸皱纹，长髯散乱，双鬓斑白。此时他正闷闷不乐地细细剔着自家的几颗烂牙。只有到了夜晚，他才会有事忙活，因为乞丐们晚上才会到此聚集，逐一呈上各人应交的份子钱。陶干径直从那把破酒壶里给自家倒了杯酒，灰须汉子冷冷望着，并不作声，只是一把抓起酒壶，藏到了柜台底下。

“陶爷，你这一大早的忙得挺欢啊。”他幽幽道，嗓音嘶哑，“听说你拿着枚金戒到处打听，还四处问人什么帮会殴斗的事儿。”

陶干点头默认。他心知那灰须汉子的眼线遍布汉源，随时可知县域中的大事小情。他放下酒杯，笑道：“正因如此，我下午想找点儿乐子放松一下。我可不想要那种挂牌的，只随便乐乐就成。”

“你可够精的啊！”灰须汉子乐了，“寻个暗娼快活一番，还能向官府邀功请赏。”

“瞧你说的，我怎会是那种人！拜托你找个乡下妹子，无非是顾及我的名声。”

“还要顾及名声？”乞丐头子嘿嘿笑道，“你有啥名声，说来听听？”

陶干佯装未听出话里有刺，继续言道：“要年轻漂亮，但价钱得便宜些的。”

“陶爷，那可由不得你，得我说了算。”

陶干不情愿地在柜台上排了五个铜板，灰须汉子冷冷地望着，并没啥反应。陶干又添了两个铜板，乞丐头子这才伸手一把抓去。

“到蓝云客栈去，”他轻声道，“往前走两条大街，左手第四个屋子。找个姓沈的，大名叫沈魁，是那小妞的大哥。就说我让你去的，这买卖由他料理。”灰须汉子别有深意地看看陶干，歪嘴一笑道，“陶爷，你会喜欢上沈魁的。他性子爽快，非常好客。你会很受用的，玩得开心点!”

陶干称谢离去。

他在狭窄的鹅卵石巷道里跑着，想着能先到一步，以免那乞丐头子让人知会沈魁，说县衙小吏即将到访。

蓝云客栈是个破烂不堪的所在，两边紧靠着鱼铺和蔬菜铺子。狭窄的楼梯下，光线昏暗，有个胖子正坐在竹椅上打盹。陶干用细长的手指戳醒了他，高声道：“我找沈魁!”

“哈，你算是找对地方了！上楼第二个门。你帮我问问他，房钱啥时候给。”陶干正打算上楼，那虚弱不堪的胖子弓着身子叫住了他，“等等，瞧瞧我的脸。”

陶干这才注意到，此人脸颊乌青，左眼已肿得睁不开了。

“这就是沈魁干的好事，”胖子道，“卑鄙的畜生!”

“他们有几个人?”

“三个，除了沈魁和他妹子，还有个姓张的混蛋。原先还有一个，但好久没露面了。”

陶干点了点头。上楼梯时，他暗自苦笑，终于明白了乞丐头子笑容的意思。走着瞧，你这混蛋总有一天会后悔的。

走到门口，他才要敲门，便听到里面有人叫骂道："狗崽子，明天你会拿到房钱的!"

陶干推门而入。空荡荡的屋子两头，各放着一张木板床。右手床上躺着个身着褐色破旧衣裤的壮汉，大脸盘，络腮胡子，头发用一块破布胡乱扎起。另一头床上躺着个高大结实的汉子，正枕臂而睡，打着呼噜。窗前坐着一个年轻貌美的姑娘，正忙着补一件窄袖短褂。她身材匀称，只穿着条蓝裙，上身裸着。

"我说沈魁，没准我能帮你们付那房钱。"陶干边说边用下巴指了指。

壮汉从床上翻身坐起，挠了挠多毛的胸脯，布满血丝的细目上下打量着陶干。陶干注意到，此人左手小指短了一截。

壮汉放下了警觉，粗鲁地问道："是多少钱的买卖?"

"五十个。"

沈魁踢了踢床脚，弄醒那躺在床上的同伙，说道："这位老员外瞧上了咱，出价五十个铜板，可要命的是咱不喜欢他。"

"拿上他的钱，叫他滚。"姑娘对壮汉道，"可别打他，他这副鬼样子可经不起揍。"

壮汉回过身子怒喝道："没你什么事，给我老老实实闭上嘴!你不但坏了万叔那档子事，竟然连他那金戒也未到手，没用的小娼妇!"

那姑娘飞奔来踢了壮汉一脚，那壮汉立马冲着她肚子回了一

陶干蓝云客栈寻线索（高罗佩　绘）

拳。姑娘疼得弯下腰，直喘粗气。不过，她显然是装的。只见那壮汉刚要挨近时，姑娘猛地将头撞向那汉子的小腹，壮汉遂一个趔趄向后退去。接着，姑娘从发髻上拔下一根细簪，恶声道："我的好大哥，你是不是要我把它捅进你的肚子里？"

陶干正寻思着如何才能将这三人送入县衙，想着这些人对城中光景并不熟悉，忽地心生一计。

沈魁此时暂且放过了他妹子："过会儿有你瞧的。"接着，他冲着同伙嚷道："张忠，快抓住那人！"

张忠用根细长的铁链将陶干双臂反绑。

"哈，才五十个铜板！"他嫌弃地说道，"张忠，你给我拽紧些。我要给这混蛋一点教训。"

他从墙角取了一根长竹竿，劈头便向陶干打来。可到了半道儿，他忽地一转向，便往他妹子身上抽去。姑娘再次弯腰躲闪，疼得跳至一边大叫。沈魁哈哈大笑，但随即闪身躲避，因那姑娘将一把大剪刀朝他头上扔来。

"我不想打扰你们，"陶干面无表情地说道，"我原本要谈的是件五两银子的买卖。"

那壮汉本想去捉自家妹子，但一听这话，遂止步转身，急急道："你是说五两银子？"

"这生意只能你知我知。"

沈魁示意张忠放开陶干。陶干把这个大块头无赖拉到墙角，低声道："对你那妹子，我一点兴趣都没有。是我家老爷吩咐我来的。"

沈魁那张黑脸变得有些惨白。

“是那面粉店掌柜叫你来的？老天在上，这人疯了不成？”

“我可不认识什么面粉店掌柜，”陶干佯装生气道，“我家老爷可是个大财主，更是个色鬼。为了他那些乐子，他可是不计代价。他已对那些个柳巷堂子里的俏妞儿没了胃口，想换换口味，找个丰满结实的。我负责为他打理这些。不知他从哪儿听说了你妹子，叫我跟你谈谈，五两银子，让她在老爷的府上住上几天。”

沈魁听着，心下讶异不已，嚷道：“你傻呀，世上哪有值那么多银子的女人！”他低头琢磨了一阵，又嚷道：“老兄，你出的这是什么狗屁价！我可不想让人伤到我妹子。听着，我还要继续做她的生意呢，到手的钱也稳便。”

陶干耸了耸肩，道：“悉听尊便，要知道，身子自由的姑娘有的是。五十个铜板还我，我这就走。”

“喂，别这么快就走呀！”壮汉揉了揉双眼道，“五两银子够咱吃喝一整年了。嗯，我那妹子受点苦倒也不是什么大事，她经得起，没准还能让她小上一圈。好吧，成交！不过我和张忠得跟着去，我要知道她待哪儿，和谁在一块儿。”

“想都别想，照你说的，今后你们就能讹诈我家老爷了。”

“骗人，你是妓院里来的吧，你个王八！”

“好吧，既然如此，那你们就跟着，让你们开开眼。不过丑话说在先，你俩要是惹我家老爷动怒，他唤手下痛打你们一顿可休怪我。先给我二十个铜板，那是我该得的。”

一番讨价还价后，双方谈定。沈魁还给陶干五十个铜板，外加十个铜板的赏钱。陶干将钱纳入袖中，得意地笑了，他最终拿回了适才付给乞丐头子的钱。

“这家伙的老爷想让咱去喝上一杯，”沈魁对着他妹子和张忠说道，“那就去呗，听听他想说些啥。”

沿着大街走了一阵，陶干便又领着他们拐进一条条迷宫似的窄巷，最终来到高墙林立、灰石砌就的私邸后门。陶干掏出钥匙打开小小的铁门。沈魁羡慕道：“你家老爷够神气的，好大一份家产！”

“说对了，”陶干附和道，“不过这只是后门，你们该瞧瞧正门。”陶干说着话，便将他们领到一条夹廊里。他仔细地将一边的门锁上，道：“我去禀报老爷，你们稍候片刻。”

说罢，他便消失在夹廊拐角处。

那姑娘忽然嚷道：“这地方叫我恶心，没准儿是个圈套。”

正说着，班头领着六名持械的衙役从拐角处奔来。张忠一见，大骂着掏出了刀子。

“有胆上啊，”班头举刀嘲笑道，“正好叫我一刀砍翻你。”

“张忠，把刀扔了！”沈魁怒气冲冲道，“这帮谋财害命的狗崽子，专对穷人下手！”

那姑娘正欲转身逃跑，那班头一把抓住了她，并上了铁链。三人被押入县衙牢内。

适才陶干知会班头，要他速带人到后门夹廊处逮住那两男一女，之后便直奔公堂。他问书吏，县令大人现下何处。

“老弟，大人尚在二堂。用过午饭后，大人传唤了不少人，末了，冷掌柜的儿子前来拜见，眼下还在里头。”

“那毛小子来会有何事？大人可没打算传唤他啊。”

“估摸是来打听他爹被抓之事。我说老弟，有件事你或许感兴趣，那小子去拜见大人之前，在衙门口反复向当班的衙役打听，问上午山上木屋里发现尸体的事儿。你该跟大人说一声。”

“多谢老兄，我会跟大人说。那些当班的该不会多嘴吧？”

老书吏耸耸肩，道：“姓冷的那小子，衙役们可都认识。这些家伙一到月底就往当铺里跑，那少东家总给他们得些便宜。再说，衙门上上下下全都辨认过那尸身，此事早已不是什么秘密了。”

陶干点头称是，遂朝二堂走去。

狄公此时身着一件合身的灰布长袍，正坐于书案之后，案前立着一个身材魁梧的后生。后生年纪二十五六，穿了件齐整的棕色长袍，头戴玄色方巾，面貌俊美，神色冷漠。

“坐吧，”狄公对陶干道，“这位是冷掌柜的大公子，正为其父入狱之事焦心。本县适才跟他说，其父涉嫌参与谋杀了一个老流浪汉，今晚会过堂提审。冷公子，本县正要与属下商议些紧急公务，也就只能与你讲这么多了。”

“大人，家父昨晚不可能杀人。”冷公子淡淡言道。

狄公双眉一皱，道：“此话怎讲？”

“理由很简单，家父昨夜喝得酩酊大醉，是王掌柜他们送回的家，在下开的大门。其时家父已醉得不省人事，亏得王掌柜的公子将他背进屋。”

“冷公子，你说的这些本县已然知晓。”

冷公子似乎无意离开。他清了清嗓子，嗫嚅道：“大人……在下觉得自己看见了凶手。”

狄公身子往前一倾，神情峻切道：“从头说来！”

“好的，大人。在下听说，今晨后山破木屋里发现了一具流浪汉的尸身，不知确否？”见狄公颔首，那年轻人接着又道：“昨夜朗月当空，清风习习，在下便想出门走走，散散心。在下沿着通往林间木屋的小路而行。转过第二道弯时，在下见前方稍远处走着两人，具体模样看不分明。其中一人身高马大，肩上不知扛着什么重物，同行之人倒很瘦小。在下心中暗想，此处夜间时常有地痞无赖出没，遂熄了继续散步的念头，转身回家。今早听闻有个流浪汉死在了山上，在下便想到那高个背着的可能便是那具尸身。”

陶干正欲提示狄公，因冷公子所说特征同沈魁和他妹子的情状全然一致。可狄公并未看他，而是紧盯着冷公子，猛然喝道：“如此说来，本县可以放了令尊，但要收你入监。按你方才所言，令尊不可能杀人，杀人者正是你！”

那后生望着狄公，呆若木鸡。“在下没有杀人！”他忽地高声嚷道，“在下有证人可以作证，那人……”

“不出本县所料，你并非只身夜行。如你这般年纪，怎会入夜还在林间独行？唯待老成持重之时，方能得此雅兴。从实招来，那女子是谁？”

“是家慈的贴身丫鬟，”冷公子红着脸说道，“我们在家里不能常见面，所以偶尔会到木屋里互诉衷肠。我俩一起进的林子，她可以证明。当然，我之所见她却未必清楚，因我走在她前面。”他面带羞涩，又说道：“大人，我打算成婚，倘若家父知道的话，那……”

“知道了。你现去大堂，找书吏录下口供。不到万不得已，本县不会让这些呈堂为证。”

那后生正欲告退，陶干忙问道：“你所见的那小个子，会不会是个女子？”

冷公子挠了挠头道：“我看得并不真切，不过您这么一说……是的，好像是位女子。”

那后生一走，陶干忙兴奋道：“一切都清楚了，大人！小的……”

狄公抬手打断道：“陶干，且慢论断。对此疑案，我等须细细分析，谨慎判断。先告诉你一些事，是我下午才确认的一些事。头一件，冷掌柜铺子里的那个伙计绝非善类。盘问之下，他招认那姑娘将金戒放于柜台之后，冷掌柜便打发他离开了。当铺里的客人在他面前来来去去，他除了看到那姑娘拿起金戒奔出当铺之外，并没看见什么。他那番话无非为了诋毁冷掌柜。至于冷掌柜逃税一事，那伙计也是听人传言，并无实据。我提醒他，诽谤构陷他人也为《大唐律》所不许。后来我招来典当行会的主事，那人说冷掌柜家财万贯，诸事亲力亲为，买卖上擅长声东击西，精明得很。不过他为人向来谨慎，凡事依律，从不逾矩。他时常出门，大部分时间都住在江北县。当然，行会的同仁们对他在江北的行踪一无所知。第二件事，姓冷的确实与朱掌柜一同喝了酒。第三件事，班头捕到两名昨日寻衅滋事的小痞子。他们称姓冷的显然从没见过那老叫花子，两人争吵时也未提及什么女子。冷掌柜确实把老叫花子推倒在地，但姓冷的坐上轿子离开后，那老头儿便起身破口大骂，之后才踽踽而去。这两个小痞子还特别提到，老头的谈吐绝不像个乞丐，言谈之间有股书生气。我原本还打算盘问一下王掌柜，问问他姓冷的是否真的喝得烂醉，可适才冷公子已经说了事情的经过，也就不必多此一举了。”

狄公饮完了杯中茶，道：“你到城里查访的情形，不妨说来听听。”

“遵命，大人。不过容小的提醒一句，冷公子在见您之前，曾向衙门口的衙役仔细打听过木屋中发现尸身一事。但这也无关紧要，因为他所说为实，林中所见两人之事并非编造。”

狄公颔首赞同道：“我也不认为他在说谎，这后生看起来比他父亲厚道多了。”

“那后生远远望见的定是沈魁和他妹子。得说，那姑娘确实长得漂亮。乞丐头子将那兄妹俩住的客栈告诉了我，我到那里时，他们还有个歪瓜裂枣的张姓同伙。原本他们还有个同伙，但目下已不见踪影。我曾听沈魁责骂他妹子，怪她‘坏了万叔那档子事’，连那枚祖母绿金戒都未能弄到手。毫无疑问，那个‘万叔’便是死去的流浪汉。这三人都来自外埠，都认识一个人称‘面粉店掌柜’的地头蛇。在下已将三人带回县衙，关入了牢中。”

“干得好，陶干！”狄公惊叹道，“你究竟使了什么神通，恁快就将人带了来?”

“大人过奖了，”陶干含糊应道，“我编了个故事，说此地如何轻松赚钱，他们一听便兴高采烈地来了。到底是大人目光如炬，在下先前那些个判断忒过草率。看来，冷掌柜与此案并无干系。姑娘拿着金戒来估价也好，老叫花子因冷掌柜驱赶小痞子而抱打不平也罢，姓冷的两度与那帮会中人接触，似纯属巧合。”

狄公并未接话，只是轻抚须髯，若有所思。蓦地，他开口言道：“陶干，我向来不喜什么巧合。得承认，巧合之事虽非件件子虚乌有，但我从来不以此为凭。对了，你说沈魁曾提及一人，一个叫‘面粉店掌柜’的地头蛇，在我提审此人之前，你不妨去向班头打听一下他的底细。”

陶干领命而去。狄公为自己另沏了盏茶，暗忖陶干究竟用了什么法子，才将那三人带回了县衙。“我问得明白，他答得含混，”狄公苦笑着自言自语道，“十有八九，是他设了个局，诓了他们，那可是他的老本行。罢了，对断案有益，又有何不可……”

不一会儿，陶干回来复命：“大人，班头对‘面粉店掌柜’了如指掌。此人乃是江北人氏，是臭名昭著的帮会头头。如此看来，沈魁他们也从那里来。”

“还有，我们那位冷掌柜也常常待在那儿，”狄公缓缓说道，“陶干，巧合忒多了些！嗯，我要分别提审他们，先从沈魁开始。让班头带他到监牢，但别让他看到尸身，我随后就到。”

狄公步入监牢，见两名衙役正押着那壮汉站在停尸床前，尸身上盖着芦席，屋子里臭气熏天。狄公明白，天气炎热，尸身无法在此停留过久。他掀起席子向沈魁问道：“你可识得此人？”

“老天爷啊，原来是他！”沈魁嚷道。

狄公袍袖一甩，抱臂怒斥道：“正是！你残忍地杀害了这位老者。”

沈魁登时发作，咒骂不停。右手边的衙役抬手便给了他一棍，喝了声“快他妈招”。但这壮汉不为所动，只摇了摇头，高声道：“不是我杀的！昨晚他离开客栈时还活蹦乱跳的！”

“那他是谁？”

“万茂财，一个有钱的傻瓜，在京城里开了家很大的药铺。”

“富有的药商？他如何和你们牵扯上的？”

“对我妹子动了心，遂离家出走，跟定了我们呗。这老色鬼！”

“一派胡言，你休想骗我！”狄公冷言作色道。

那衙役又要举棍向沈魁头上打去，壮汉闪身躲过，随即又嚷叫道：“我发誓，我没撒谎！他迷上了我妹子，神魂颠倒的，还愿意掏钱跟我们住一起。可我那蠢货妹子，硬是一个铜板都不让从姓万的那里拿。小婊子这下可把我们害苦了！我杀人？得了吧！”

狄公手抚长髯，暗忖这莽汉虽粗鄙不堪，但这番话倒不像是假话。如此想着，听那沈魁又开腔言道，语气里满是慌张。他哀求道：“大人在上，咱可从来没干过杀人越货的事啊！一路之上，咱没准偷个鸡摸个狗，挣吃口饭，也曾不得不从行脚的身上借几个铜板，可咱从没杀过人呀！再说，我要杀人咋会挑万叔杀？他还要给我钱呢，我咋会杀他？”

“你妹子是风尘女子？”

“那是啥？”沈魁不解。

“我是说娼妓。”

“这个啊，”沈魁挠了挠头，小心翼翼道，“说实话，大人，说是，也不是。这么说吧，要是咱手头实在紧，那她会勾个汉子，但大部分时间她只为自己开心，找喜欢的男人上床，分文不取。大人，她就是这么个不开窍的货色！要是她像其他娘儿们一样就好了，至少还能赚点钱回来。要是大人能发发善心，县衙给个执照，让她在花街柳巷挂牌，那就……”

“休得啰唣！”狄公喝止了沈魁，“你何时开始为冷掌柜的当铺干事的？快从实招来！”

“当铺掌柜？不，我从来不与那些个吸血鬼打交道，大人！我那堂主是开面粉店的，住在江北县西门附近一家酒肆的楼上。不过我和妹子以及张忠三人都已赎了身。”

狄公点了点头，知道这是江湖帮会不成文的规矩，帮会弟子可以替自己赎身，只要能交上一笔银子，扣除当初入伙拜堂的钱和平时上供的份子钱，便可与堂主一拍两散。不过，帮里也常因赎金的数额发生激烈争执。

“那双方没有异议吗？”狄公问道。

“当然有，大人，狗娘养的堂主想占咱的大便宜。亏得万叔是个顶呱呱的铁算盘，他拿着明细簿，三下两下就把账算得清清楚楚，堂主一下子露了馅。那家伙恼得不行，但兄弟们都说万叔算得对，他也只好让咱清账走人。”

“那你们为何要离开帮会?”

“那堂主做事忒过分，总叫咱干些个上不得台面的事。得说，都是赶鸭子上架的冒险活儿。前几天，他命我和张忠把两口大箱子运过河来汉源。咱跟他说不干，绝对不干。这要是被官府逮住，就得吃不了兜着走。况且，不少为堂主干过这种苦活儿的兄弟，事后常常会莫名其妙地丢了性命。照我看，意外总是难免，可死的人也忒多了点。”

闻听此言，狄公向陶干使了个眼色。

“你和张忠没揽此事，那又是谁接了这活儿?”

“是丁福、老孟和小六子。”沈魁毫不犹豫地答道。

“这些人现在何处?”

沈魁用拇指在颈喉一划，说道：“瞧瞧，又出了意外。”他咧嘴一笑，但眉眼间却露出了一丝惧意。

“那两口箱子打算送给谁?”狄公又问道。

沈魁耸了耸肩道：“鬼才知道！我无意中曾听堂主跟一位兄弟提到个有钱的主儿，那人在这汉源的市集上有家大铺子。我没多嘴，跟我无关的，知道得越少越好。万叔也说我做得太他妈的对了。”

“昨晚你在哪儿?”

“我？我和我妹子、张忠去了趟红鲤客栈，吃了点儿东西，玩了几局骰子。万叔说他不玩骰子，另去别处吃饭。咱午夜回到客栈时，他还没回来。不承想这可怜的老家伙竟然被人敲了脑袋！他在这儿并不认路，真不该独自外出。”

狄公从袖中取出祖母绿金戒，问道：“你可认识这枚戒指？”

“那还用说！这是万叔的金戒，他爹留给他的。我和妹子说：‘把它搞到手。’可她一口回绝。大人，有这样的妹子真是倒霉透顶。”

“将他带回牢房。”狄公吩咐班头，“告诉女监的牢头，将沈魁的妹子带至二堂。”

众人穿过庭院时，狄公兴奋地对陶干道：“你干得不赖！这可是我等得到的有关私运案的第一条线索。我马上派信使送公函给江北县令，请他将那个‘面粉店掌柜’拿下。到时，他自会供认此案主谋为谁、那些个箱子究竟交与何人。倘若收箱子的人正是那冷掌柜，倒也不叫人讶异。此人家财万贯，在城里市集上有家大铺子，还常常在江北县勾留。”

“大人，您真的认为沈魁和万茂财之死没啥关碍吗？冷公子山上所见之人，同沈魁和他妹子非常像啊。”

“我说陶干，只有在确认了万茂财的真实身份后，我等方可论断事情的真伪。我觉得沈魁也说了他所知道的一切，但有不少事他也未必知晓，因此不妨听听他妹子说些什么。”

说着话，两人已步入了大堂。县衙书吏匆匆起身迎接狄公，并随手呈上一份公文，道：“大人，在下曾无意间听到陶爷向班头打听江北人称‘面粉店掌柜’的家伙，现下江北县衙送来公文，正好提到这名歹人。”

狄公速速浏览一过，懊恼地长叹一声，遂将公文递与陶干。

“我等真是背运！”狄公大声道，“看这里，‘昨晨，帮会中人称‘面粉店掌柜’者醉酒斗殴而殁’。”

他恼怒地甩了甩袍袖，走入二堂。

在书案后坐定，狄公沉着脸，望着陶干沮丧道：“本以为此桩私运案结案在即，但还是白忙了一场，又得重新开始。三个越界的私运者铁定已被那堂主所害，难怪马荣、乔泰找不着他们。他们的尸身不是在哪个枯井腐烂，便是被埋入了密林的树下。唯一知道幕后真凶的堂主，自然也难逃灭口。”言罢，狄公怒气冲冲地捋了捋长髯。

陶干用他细细的食指不徐不疾地卷着脸颊上的三根长毛，过了一阵，方开口道：“或许可以对那堂主在江北的同伙们详加盘问……”

“徒劳无益，”狄公断然否定道，“那堂主将替他干脏活的兄弟尽皆灭口，可见他对幕后之人言听计从，其中秘密自然未向他人透露。”他取出折扇扇了一会儿，遂又镇定道：“谋杀万茂财的主犯必与那私运案件密切关联。我有预感，倘若查清此案，那私运大案的谜团自可迎刃而解。谁在敲门？进来。”

敲门的，是一位身着褐衫、头绑黑布条的壮硕女子。她押着个年轻苗条的姑娘进了二堂。

“女犯带到，大人。”女牢头粗声粗气地禀道。

狄公上下打量一番沈姑娘，沈姑娘也用一双有神的大眼挑衅地瞪着他。这姑娘生就一张瓜子脸，黑俏美艳，虽说粉黛未施，却更显天生丽质。但见她鼻梁细挺，眉似新月，口如樱桃，两根浓密的乌辫搭于双肩之上。虽身着破旧衣裤，但仍难掩她的美艳。她笔直地立在书案前，双手大大咧咧地插于束腰的草绳里。

狄公细细审视了她一阵儿，和颜问道："本县正在追查万茂财的下落，你可否告知本县，你是在哪里认识他的？"

"我的好大人，你能从我这里打听啥？那可是瞎子点灯白费蜡哦。"她回答道。

女牢头给了沈姑娘一记大耳光，正欲再打，狄公抬手止住了她。他依旧和颜道："沈姑娘，你现下站在本县跟前，所有问题，你都需一一作答。"

"你以为我会怕鞭子抽？你们爱怎么抽怎么抽，我禁得住。"

"没人会鞭打你，"陶干在旁出声道，"姑且不说万叔的事儿，你触犯大唐律令，私自为娼，沦为不法流民，依律须在脸上刺字。"

姑娘神色大变，脸色一下子变得苍白。

"也别忒担心，"陶干坏笑道，"多抹些粉就看不出来了，当然也别抹太多。"

姑娘不再作声。她面露怯色，注视着狄公，绞着双手道："好吧，我说，我从没干过啥坏事，我不信万叔会说我坏话，他永远不会！我在哪儿认识他的？在京城。一年前我摔断了腿，去了万叔的药铺里抓药。万叔恰好在柜上，他和颜悦色地跟我聊了几句。这么些年，我头回见到一个富人对我那么温和客气，不像其他人，见了我嘴里就不干不净，所以我喜欢他。那天晚上，我答应与他再见面，一切自然而然，我不说你也懂。是的，他是个老头，五十多了，可真是个好人，和蔼可亲，而且能说会道。我那些个啰里啰嗦的话，他也有耐心听。”

言罢，她直直地盯着狄公，如释重负。

“如此这般交往了多久?”狄公问道。

“十来天吧。那天，我跟万叔说，该分手了，我和大哥、张忠他们要继续赶路。万叔给了我一锭银子，我没要。谢天谢地，我可不是婊子，虽说我大哥极力唆使我干这个，但我绝不干！我哥那个好吃懒做的王八！我们分开二十来天后，在广业县的一家客栈里，万叔突然来了，跟我说要纳我为妾，还说会给我大哥一大笔银子作聘礼。”

姑娘用袖子擦了擦脸，抻了抻短布袄，接着又道：“我跟万叔说，听他这么讲我很开心，但我不要他的银子。只要能自由自在的，其他啥也不要。我从没想过有朝一日会把自己关在高墙里过日子，像个丫鬟似的，跟着伺候他夫人。可怜的万叔只好走了，看得出他很伤心。为了这事儿，我被大哥暴打了一顿，浑身青一块儿紫一块儿的。可倒好，才过了一个月，在家乡江北县一个沿河的村子里，万叔又找上门来。他说他已经把铺子盘给了别人，想入伙跟我们一起过。大哥张口便要万叔掏入伙钱，跟我们过不成问题，因为他得有人照应着。我跟大哥说，想都别想，万叔可以跟着咱，只要我乐意，他可以和我一起睡，但我绝不会要他一个铜板。我大哥气疯了，和张忠按住我，扯下我的裤子准备猛抽一顿，幸好万叔拦住了他们。他把我大哥拉去一边，谈妥了条件。当然，要是万叔愿意许我哥些银子，学些个江湖伎俩，那是他的事。就这么着，万叔入了伙。到昨晚为止，我们在一起快一年了。”

“照你说来，这位姓万的京城富商，毁家弃业，只为跟你们一起四处流浪？”狄公问道。

“那还用说！我告诉过你，他喜欢这样。万叔总说，他从没这么畅快过。他厌倦了京城里的生活，他那些妻妾们年轻时还马马虎虎，可如今除了唠叨，便一无是处。他那几个儿子仗着翅膀硬了，不停地插手他的生意，还想教他怎样经营店铺。他一直宠爱他唯一的女儿，但自从女儿嫁给一位南方商人后，父女俩再也没见过面。万叔还说，生意上你来我往的宴请伤了他的胃。不过自从入了伙，跟我们一处过活后，他的胃就再没难受过。对了，张忠还教会了他钓鱼，万叔开心极了，他成了钓鱼高手。”

狄公看了看她，轻捋唇髭，接着问道：“我在想，你那万叔随你们流浪，途中可曾拜会过生意上的朋友？”

“错！他说过，生意上的事已了，他偶尔拜访些生意人，是为了取钱。”

“那他随身携了金银？”

“又错！虽说万叔在我的事情上犯了傻，可他到底还是个很精明的生意人。相信我，他随身只带了些铜子，也从不多带。我们每到稍大些的市镇，他都会去金银铺子兑些金银，再寄放到生意上的朋友那里。这招儿很管用，我那贪心的大哥虽说也不是省

沈姑娘二堂述前情（高罗佩　绘）

油的灯，可对万叔却无计可施。只要万叔乐意，随时可以拿到够用的钱，我的意思是一大笔银子！当初来到汉源时，他身上揣着五锭金子。五锭金子哎，没法想象，一个人会有那么多钱！我告诉万叔，老天在上，无论如何不能叫我哥发现，他虽说不是个杀人越货的狠汉子，但为了这些金子，他情愿杀光全城的人。万叔微笑着说，他知道有处稳便的地方可以存放。过了一天，他身上果真只剩了一串铜钱。我说，能给杯水喝吗？”

狄公示意女牢头倒水。那女人给沈姑娘递了杯水，但脸上的神情，似对此不合狱规之举颇为不满。狄公并不介意。他看了看陶干，陶干微微点头。是的，他们找对了目标。待姑娘喝了几口水，狄公问道：“万茂财将那些金子交给了谁？”

姑娘双手一摊，道：“万叔跟我说过很多他自己的事，可生意上的事从没提过，我也从来不问，干吗要问呢？到这儿的头一天早上，他跟我哥说，他得去市集上拜访一个店铺掌柜。我哥说还以为万叔从没来过汉源，万叔说他是没来过，但此地有些个朋友。”

“最后一次见到他是什么时候？”

“昨天晚饭前，他出了门就没再回来。我想他有点腻了，所以打了退堂鼓，回了京城。万叔没啥错，他来去自由，不是吗？不过他没必要哄骗我。昨儿出门前，他还一个劲儿地跟我说，想认咱这个堂口，焚香盟誓，正式入伙，可为啥不干脆说想散伙呢？我是有点想他，但也就那么一点儿。像我这样的年轻姑娘，没个叔叔也过得下去，不是吗？”

“那是当然。他出门前说过要去哪儿吗?”

“嗯，他说了，神神秘秘笑着说的，他准备去头天遇见的那个朋友家里‘咬上一口’，我还当真了。”

狄公把祖母绿金戒放在了书案上，问道：“你说从未向万茂财要过东西，那为何拿它去典当?”

“我没当过它！我喜欢这戒指，万叔常让我戴着玩儿。可巧那天我们路过一家大当铺，我便进去了，只为好玩，想问问能值多少钱。可那里的胖掌柜没安好心，他抓着我的袖子，嘴里嘟囔着些不干不净的话，所以我跑出了当铺。”她用手拨了拨额前的刘海，似笑非笑继续道：“那天也该着我倒霉，一出当铺，便有个身高马大的家伙拽着我的手臂直叫我心肝儿。他鼓着两眼盯着我，弄得我浑身直起鸡皮疙瘩。那时，万叔喝道：‘把手拿开，她是我女人。’我哥也紧着上前扭那家伙的胳膊，还抬脚踢了他个嘴啃泥。哎，男人全是一路货色！他们以为，只要钩钩小指头，我们这些走江湖的姑娘便会钻进他们怀里。但万叔跟这些臭男人可完全不同！要是你说他曾来衙门指控我，那本姑娘得当着你面说，你是个骗子!”

陶干注意到，狄公似乎并未听见沈姑娘的最后一句话，只是一遍遍轻捋长髯，若有所思。他看上去有些沮丧，就在盘问沈姑娘前，他还兴奋地盼着能有更多的断案线索。陶干很想知道，狄公缘何变得如此沮丧。自然，这姑娘没能提供更多有用的线索，但狄公许是想从她散漫的述说里推断姓万的入伙的动机，或许只是为掩人耳目，或许他才是这桩私运谜案的主事者。若果真如此，入伙倒是个聪明绝顶的伪装，有谁会怀疑一个混在痞子群里的流浪汉呢？那日早晨，姓万的所见之人必是私运案的案犯之一。只要挨门挨户搜检市集中的店铺，对掌柜们细加盘问，私运贩子及其主事者自会水落石出。自然，朝廷急欲擒拿的幕后权贵便也不难发现。想到此，陶干清了清嗓子，狄公却充耳不闻，兀自沉思。不同寻常的静默，让一旁立着的女牢头也惴惴不安起来。她满脸狐疑地望了望陶干，见这位瘦削的县令随从也只是轻轻摇了摇头。

沈姑娘此时也有些焦躁。“给我站直了！”女牢头向她呵斥道。狄公蓦地一凛，回过神来。他将茶盏放回书案，对姑娘缓声道：“万茂财昨晚被人杀了。”

“被杀了？”姑娘惊叫起来，“万叔被人杀了？谁干的？”

“我想，或许你能告诉我们。”狄公答道。

“在哪儿寻着他的？”她不安地问道。

“在山腰密林一间废弃的小木屋里。”

她一拳砸在书案上，杏眼圆睁，大声道：“一定是那个混账堂主干的！他派人盯着万叔，就因为万叔帮我们仨从帮会脱了身！可怜的万叔着了他们的道儿！这个混蛋，狗娘养的！”

说罢，姑娘将脸埋在双手，不住地抽泣着。

狄公待其平静后，示意她再喝些水，接着问道：“万茂财入伙时，可曾切去小指？”

姑娘一听，破涕为笑。

“他倒想过，却没那胆气。我都弄不清他到底试过了多少回。

他就这么着左手搁砧板上，右手握着刀，我站在他身边数数，叫着一二三，可每回他都虎头蛇尾，下不了手。”

狄公点点头，默默沉思了一会儿，接着摇了摇头，长吁一声，取过毛笔，在一张大红名刺上挥毫数行，然后纳入信封。接着，他又在信封上写了些字。“唤当班衙役。”他吩咐陶干道。

一名衙役跟随陶干进了二堂，狄公将信交与他，道：“传我的话，令班头速速将此信送去。”接着，他转身对姑娘道：“你应该有个年轻的相好吧？”

“有的，是江北的船夫。他要我嫁他，可我跟他说，还得再等上个一两年，等他有了自家的船，等我也玩够了。到那时，我们便可在河上自由载货，四处游玩，有口好饭吃，能赚快活钱。”说罢，她又焦急地望着狄公，“你不会真的让人在我脸上刺字吧？就像竹竿模样的大叔说的那般。”

“不，本县不会如此行事。只是今后一段日子你不能任意自在了，你得学会收敛。”

狄公向女牢头挥了挥手，那女人一把抓住沈姑娘的胳膊，押着出了二堂。

“她可真絮叨，”陶干不禁抱怨道，“让她开口不易，叫她闭嘴更难。”

“得让她随自己的心思把该说的话说出来。只有发现是在说谎时，方可严词盘问，用刑伺候。陶干，往后办案，务必记住这点。”说完，他双手击掌，吩咐仆役送上热水和巾帕。

“姓万的可真是个精明的混蛋，”陶干又开口道，“那姑娘不傻，可她万万不会料到，那万茂财正是私运案的幕后主事者。”

狄公默不作声。他把书案上的公文理了一遍，又将那枚祖母绿金戒放在案前显眼处。此时仆役端来了澡豆、热水，狄公取过巾帕擦脸洗手，随后往椅背上一靠，说道：“陶干，打开窗子，此处太闷热了。”他沉思片刻，又抬头望着陶干道：“万茂财精明与否，我不能断言。那姑娘说的都是这个老人传神而家常的一面。活了大半辈子，忽然对自家崇奉之道存了疑，对为何而活生了迷惘。往往人到了他那年纪都会如此，一两年间，变得乖戾孤僻，对至爱亲朋避之唯恐不及，可最终又会悔不当初，自嘲自责，一切便又归于正常。可这位姓万的老人却与他们不同，他定心立意，欲斩断以往，去过另一种完全不同的生活。当然，过上几年，是否会对当初的决定心生悔意，我等便无从知晓了。得说，万茂财是个有趣之人，卓尔不群。”

言罢，狄公不再言语。陶干心下焦躁，遂在椅上不安起来。他极想就此案的后续勘查与狄公讨论一番，遂清了清嗓子，犹豫着问道：“大人，是否要将张忠带来盘问？”

“张忠？嗯，你说的可是沈魁的同伙，此事明天由你去办吧，问问就行，他和沈魁都与此案无关。至于沈姑娘，倒要费些思量，我还未想妥。本朝对那些行走江湖的流民向来严惩不贷。他们流窜为盗，啸聚成匪，实为祸害。那姑娘公然不顾官府律令，私自为娼，本该当众施以鞭刑，再判两年。但如此一来，她将彻底堕落，变本加厉，最后不得善终，未免太可惜了。她毕竟内心质朴纯良，我等须细细斟酌，替她另寻他途。”

狄公摇了摇头，似有些担心，接着又道：“至于沈魁及其同伙，我会判流刑一年，让他们到北方军中服劳役，或许可以改改他们那懒惰的脾性。如果表现不错，一年后他们还可由募兵入伍。至于沈魁的妹子……嗯，不妨如此办！我把沈姑娘交给韩员外管教，让她去韩府做一名粗使丫头。韩员外齐家有方，敦厚而严厉，若让她在那儿待上一年，自会明白过普通日子的好处。如此，一年之后她便可与那船夫成亲，当个贤妻良母。”

陶干忧心忡忡地望着狄公，他觉得狄公脸色苍白、疲惫不堪，两颊的皱纹更深了。今儿可真是漫长的一天。他心内暗忖，眼下请狄公令去搜查市集的店铺是否忒过唐突？要不他再去盘问盘问冷掌柜？末了，他还是想先听听狄公的想法。

“大人，您看下一步该如何行事？属下的意思……”

“下一步？”狄公双眉一扬，“哪来的下一步，你没发现谜团都已解开了吗？我知道了万茂财如何被害，也知道为何被害，明白是谁将尸身背至小木屋，一切都清楚了！当然，私运贩子在本地的同伙究系何人，也都一清二楚了。”见陶干一副目瞪口呆的样子，狄公不耐烦道：“我的老天，你难道未听到方才的证词？你我这般闲聊，终因无事可干，也就不妨在此等那悲剧的主角上场。”

陶干正欲开口，狄公却又言道：“是的，这确实是出悲剧。我说陶干，我每破一桩案子，总是心满意足，心满于冤案得纠正，意足于谜团被廓清。可此案全然不同，直令我沮丧。也是作怪，今晨我从黑猿那里得到这枚戒指，拿在手中便有不祥之感，这戒指散发着人间苦难的妖氛……苦难是阴森可怖的，虽说有时也砺人心志，但往往叫人坠入绝境。嗯，你我便可看到，这出悲剧的主角究竟是如何被打磨出来的……”

他不再出声，抬眼望了望二堂的门。门外一阵脚步声，班头带着王掌柜迈步走了进来。

五短身材的王掌柜穿着件光闪闪的黑色缎袍。他一见狄公，忙上前躬身施礼。

“大人在上，可有什么需要在下为大人效劳的?”他彬彬有礼地问道。

狄公指了指案上那枚祖母绿金戒，说道：“你取走了死者的财物，却留下了这戒指，竟是为何?”

一见戒指，王掌柜骇然失色，但很快恢复了常态，不悦道：“大人所说，在下实在不明白，班头给在下递来大人您的名刺，您说要在下提供一些消息……”

“确实如此，”狄公打断了他的话，“本县想知道，你那同行万茂财究竟是如何被害的。”王掌柜正欲分辩，狄公抬手阻止了他。“不要着急，先听本县说，看看本县知道些什么。你急需万茂财寄存在你处的五锭金子，因为你等从江北私运的两箱贵重之物未能到汉源。你所雇之堂主手下搞砸了此事，而那两箱价值不菲的货物又被官兵截获，要知道那货款你分文未付。恰逢万茂财想入伙沈姑娘他们那个帮会，如此他须得焚香盟誓，并切下左手一节小指方可入伙。这机会可谓千载难逢，尤其是对你这濒死之人而言。”

班头闻听此言，忙闪身靠近王掌柜，但狄公对他摇了摇头，继续道："万茂财没胆量切下小指，可你昨夜却应下他，许他在山顶你家的宅子里，用切草药的大药铡助其一臂之力。那药铡一头有个铰链接在药砧板上，另一头是铡柄。这器具甚为精妙，悬壶的医生、济世的药商通常都会置上一把。那一刀下去，尺度可控，痛感最小。可怜那万茂财劳神费力如此，只是为了向所爱之人表明永结同心之意。"

狄公沉默片刻，王掌柜则用难以置信的目光注视着他。

"未等万茂财将手在药砧板上放妥，那大铡刀便已落下，切去了他的四根手指。接着，这个命乖运蹇的老人又被一柄铁药杵击碎了脑袋。再以后，他的尸身被运到山腰林间的那栋木屋里。不用说，这样便能等上很多时日才会被人发现。到那时，尸身早就腐烂。你早有预谋，不仅搜遍尸身，还取走所有能分辨死者身份的物件，如此一来，本县也只能将其视为无名无姓的流浪汉尸体，命人焚化了事。万幸的是，林间一只黑猿为本县指点迷津。"

"一只黑……黑猿?"王掌柜颤声道。

"一只黑猿发现了这枚戒指，并把它带到了本县面前。你费尽心机，这一切却终难料到。"

狄公言罢，二堂中顿时寂静无声。

王掌柜脸色煞白，双唇抽搐，几度欲言又止。最终，他用嘶哑不清的嗓音，轻声言道："在下承认，大人所言句句是实，万茂财是在下杀的。不过，关于那两箱货物的话，大人说得不完全对。那些并非在下的财物，只是挂名而已，不过是'收人钱财，替人办事’罢了。”他长叹一声，淡然说道，“过去两年里，几次买卖不成，渐渐入不敷出。债主们整日催逼，多蒙其中一位大债主发了慈悲。他是京城一家钱庄的掌柜……”他说了个名字，狄公心下明白，京城那家有名的钱庄便在此公名下，他本人正是当朝户部尚书的堂兄。“此人曾修书与在下，让在下到京城与他面商。在下到了京城，他款待周到，并说只要帮他经营一桩生意，所欠债务便可一笔勾销，还慨然许我从盈利中分成。在下自是喜出望外，满口应承。没想到，接下来他不动声色说了一番话，把在下吓得魂飞魄散。那人坦言，他掌控着一个遍布全国的私运团伙！”

王掌柜用手擦了擦双眼，摇了摇头，继续说道：“可当他提到巨额盈利时，在下便没勇气再拒绝，遂上了贼船。在下……在下实在不敢想象自家贫困的模样，只想着把那些个钱财弄到手，而今细思，悔之晚矣！其实，这个要命的促狭鬼并未勾销在下的债务，只是巧加利用而已。所谓分成，不过是一笔利息惊人的高利贷罢了。很快在下便深陷其中，无力自拔。所以当老万把五锭金子寄放在下家时，在下便想到借此天赐良机，用他的钱还本付息，从此远离是非。在下知老万未跟人提起昨夜来在下家一事，因他不想叫人知道自家没胆量。他还执意让在下在家人面前也守口如瓶。昨夜，是在下亲自替他开的后院门。”

王掌柜从袖里扯出一条丝帕，擦了擦满脸的汗珠，正色道：“大人若赐下笔墨，在下这就落笔招供。”

“王掌柜，本县尚未升堂，暂且无须你的供状，”狄公缓缓言道，“本县倒有几个问题要问。首先，万茂财为何要带这么多金子在身上？”

“他希望那姑娘会答应嫁他。他说，就盼着能快些用钱打发那姑娘的大哥，之后再去乡间买栋宅院，过另一种快乐日子。”

“原来如此。其次，本县要问，你既然财力匮乏、身陷窘境，急需那几锭金子，却为何不向万茂财直言告贷？同业之间，扶持互助本为惯例，万茂财甚是富有，借你五锭金自不在话下。”

狄公连问之下，王掌柜双唇微颤，顿时哑然失色。狄公毫不在意，继续问道：“还有，你身材偏矮，也上了年纪，怎的将那具尸身背至林间木屋？更何况还是一段下坡路，本县认为，单凭你一人，无论如何办不了此事。”

此时，王掌柜已镇定如初。他懊丧地摇头答道：“大人，此中经过在下已记不太清，想必一时鬼迷心窍，急急忙忙为掩藏尸身，于是发狂作狠，一口气将尸身拖至后院，再一路拖到林间。只记得回到家，在下便瘫软在地……”他再次擦了擦脸，肃声道：“大人，在下谋财害命，杀了个好人，天理难容，当认罪伏法。”

狄公站起身，双手撑案，倾身向前，对着王掌柜和颜缓声道：“王掌柜，或许你未曾想过，一旦你定罪伏法，你之家产都将被官府籍没，一旦官府认定令郎心智尽失，他将上无片瓦，身无分文。”

“啊，大人这是何意？”王掌柜躬下身子，以拳击案，声嘶力竭道，“那是胡扯，是诽谤！我儿心智无碍，不说也知，男孩成熟得晚，他才二十岁啊！假以时日，等再长大些，他自会更伶俐机智。平日里，只要没人激他，他与别的孩子并无分别呀！”

他望着狄公，连连颤声哀求：“大人啊，他是在下的独子，一个乖巧听话的好孩子，在下说的句句属实啊，大人！”

狄公轻声道：“王掌柜，在你入狱期间，本县会亲自照看令郎，保证他得人善待。你知道，官府若不采取手段，只恐令郎又会闯下大祸。唯一的解决办法，便是将其安置在高墙之内。两天之前，令郎从你店铺门出来，恰巧看见冷掌柜当铺里跑出个姑娘，十分漂亮。令郎目眩神迷，心下懵懂，直认她便是自家的心上之人。他欲搂抱那姑娘，但一旁的万茂财却喝道，他才是这姑娘的心上人，随后那姑娘的大哥又对令郎拳脚相加。此事对令郎刺激甚大，种种情形令其难忘。昨晚万茂财来你家，令郎一眼便认出了他。他认准正是此人抢走了自己的心上人，遂杀了他。之后，你让令郎背着尸身，随你来到林中小屋。令郎如同那些个心智不全的汉子一般，身高体健，蛮力十足，背具尸身自是轻而易举。”

王掌柜茫然无措地点了点头。他身形颓唐，苍白憔悴的脸上满是皱纹，一下子便从个衣着光鲜、机敏精干的商人，变成了个疲惫不堪的垂垂老者。

“怪不得我那孩儿直念叨什么一位姑娘和一个坏老头儿……昨夜我着实料不到这孩子会如此行事，闯下大祸。他整天乐呵呵的，并无什么异常……那天下午我还带着他在林中走动，我儿见着树上的通臂黑猿还直笑……管家陪他用完晚饭后，他便上床歇息了。这孩子外强虚中，动辄便乏。我已吩咐管家，晚上我独自用饭，只需在书斋备些冷食点心。老万和我在书斋用晚饭时，我提了欲借那几锭金子的事，他当即应允，还让我不必发愁，说倘若这些不够，派人从京里再递些来也非难事。他叫我放宽心，分期偿付便是。‘好了，现下该你帮我了，’他笑着说道，‘这抵得上那笔借款的利钱。’大人，他就是这么个慷慨助人的君子。等老万饮完一杯酒，我俩便来到了大院花棚里的碾药作坊。老万把左手搁在药砧板上，紧闭双眼。我正忙着调整药铡的位置时，有人却推开了我的双臂。‘就是这坏老头儿抢了我的姑娘！’我那孩子在我身后怒声喝道。此刻，老万那四指已被落下的药铡切去，他既惊又怕，哭叫着倒在药砧板上。我慌忙四下寻找止血药粉，可就在此时，我儿从药臼内抓出铁杵，抡圆了向老万后脑勺上击打……”

王掌柜绝望地看着狄公，双手紧抓书案，悲泣道：“想必是光灿灿的明月照入了我儿的卧房，弄醒了他。他从窗户看到我同老万进了花棚。月光总会叫他神思不清……大人，我儿并不知他干了何事啊！他可是向来听话乖顺的啊……”他声音渐弱，近乎自语。

“王掌柜，令郎不会因此获罪，心智有碍的，官府自然不会按律处置。现下让陶干带你去他的房间，你写下私运案的供状，将这伙人为非作歹诸事以及相关的人名、住址，尽你所知，一一详录。顺便一问，当铺的冷掌柜可是他们一伙的？”

“当然不是！大人为何怀疑他？他与我比邻而居，我可不会……”

“有人说他常去江北县，一待便是许久。那里不正是私运团伙的一个老巢吗?”

“冷掌柜的夫人妒心极重，”王掌柜淡淡言道，“家中容不得偏房，他只好去江北置屋纳妾。”

“果不其然。那好，写罢私运案的供状，签字画押后，再将万茂财遇害之经过也用笔墨录下，详加供述，本县今晚派人将两份供状及呈文火速递往京城，恳请朝廷对你从宽处置，皆因你举发之功，私运团伙方可一网打尽，希望以此少判你几年。自然，本县也会设法安排令郎不时去狱中探望。陶干，你带王掌柜去你房里，给他笔墨纸张，要严饬众人，不得扰他。”

待陶干再回到二堂，只见狄公背着手，立于敞开的窗前，正享用着花园里吹来的习习凉风。园中栽了不少香蕉树，他手指碧绿茂盛的香蕉树道：“陶干，你来看，此处美蕉已熟。吩咐班头摘些送至内宅，明日一早我可给那几个通臂黑猿喂一些。”

陶干点了点头，长脸上露出了笑容。

“在下要恭喜大人……”

狄公摆了摆手，道：“这功劳应归于敏于行且行必果的陶干你。亏得你，我等才能迅速破解谜案。王掌柜进屋前，我对你多有失礼，实属不该。原因说来让人尴尬，此次会面叫人厌恶，我最见不得男人崩溃号啕，哪怕是罪无可逭之人。不过，陶干，王掌柜所为不失自尊，其舐犊之情实为可贵。”

狄公重又坐回书案之后，道：“我会立刻给洪亮去信，告诉他私运案已破，他与马荣、乔泰明日须速从江北启程返回汉源。你去狱中传我的话，将冷掌柜放了。但愿狱中那几个时辰可令其反省。”

他正欲提笔，忽又想到些什么，继续又道：“陶干，此次办案，你我配合默契，得说，我很高兴有你这么个得力亲随。有一言相告，今后办案勘查之时，切勿随性而为，感情用事。不过，陶干，凡事皆应知其当为而难为，老实说，这方面本县也乏善可陈。”

暮虎谜案

【中篇小说】

新任大理寺卿	**狄仁杰**
富有的地主	**闵老爷**
闵老爷的女儿	**闵琦玉**
闵二爷（茶商）	**闵浩泰**
闵家总管	**严　元**
闵家管家	**廖管家**
闵家女仆	**翠　菊**

主要人物

狄公穿了件厚厚的毛皮长袍，蜷着身子，独自策马官道，正穿行于一片荒原之中。冬日，时近黄昏，但见阴云四起，左右荒原皆已被洪水淹没，这官道却直插其间，如污渍斑斑的铜镜之上的一道裂纹。滔滔洪水映着低垂的乌云，似已连成一片。此刻，北风正将团团乌云推向远处冬雾缭绕的群山。

狄公策马往前疾驰，只顾沉思冥想，那些携刀佩剑的亲随早被他远远甩在一里开外。他弓身伏在马上，毛皮帽紧紧包着双耳，双目凝视着官道前方。狄公心下暗忖，确实已到了义无反顾、精进直前之际。两天之后，他将直抵京城履新。这次荣升显然出乎他的意料，也让他常常想起过去，想起那几天发生的事

情。北州履职最后那几日所经之惨事，着实令人心烦意乱，但他总是想起那座三日前才离开的阴郁小城。（参见《铁针谜案》）

整整三日，狄公率众骑马穿行在冰雪覆盖的北国，一路向南疾行。可天有不测，冰雪蓦地开始消融，他们所经州县不少地方洪水肆虐。今日一早，他们遇到一大群从灾区逃离的农人。这些灾民弯腰驼背，肩上扛着破烂的家什，脚上裹着满是泥浆的破布，往北跋涉而去。

狄公在驿站进午饭时，护卫他们进京的官兵校尉回禀，说他们已行至最难走的一段，不远处的黄河北岸已遭洪水。他提议先留在驿站，等前方有进一步的消息，但狄公决意继续南下。狄公心知此行乃奉旨而行，须得尽早抵京。此外，他看过地图，对岸有屯兵的要塞，地势较高，今晚可在要塞过夜。官道沿途渺无人迹，但泥浆翻腾的洪水中不时能看到些依然伫立的农舍屋顶，当此之时，方让人想起此处不久之前还是人丁兴旺的沃土。

狄公甩开众人，驱马疾驰。接近山脚时，他总算看见道路前方左侧有两座营房。但见十多个人聚在一处，近前一看，这些人头戴厚皮帽，身着暖皮袄，脚蹬齐膝的大皮靴，显系守护此地的乡兵。此处的官道已然坍塌，浑浊的洪水翻滚而过，冲刷出百余尺宽的豁口。乡兵们愁眉不展，忧心忡忡，其中一些人正忙着加固连接对岸的浮桥桥基。这应急的窄桥横跨豁口，直通对面的官道。豁口的另一边，官道沿着密植林木的山坡缓缓爬升。此桥浮于水面之上，乃以粗壮的圆木系上绳索草草搭建，随翻滚的洪水起伏不定。

“大人，此时过桥危险！”乡兵头目大声叫道，“此处水流越来越急，已无法通行。请大人还是原路折回吧。万一浮桥绳索断开，咱就只能放弃这里了。”

狄公勒住缰绳，自马鞍上回身而望。北风呼啸，他只得眯起双眼，见护卫他的亲随、官兵一众正快马加鞭，急欲赶上。他又转身望了望豁口那边的山丘，决定冒险一试。根据地图所示，两刻时便可越过山丘，直抵黄河北岸。到了黄河岸边，自有渡船将他送往南岸的要塞。

他策马骑行在湿滑不稳的圆木浮桥之上，浮桥左右摇晃，起伏不定，拉紧的绳索嘎吱作响。狄公小心翼翼，揽辔缓行。行至桥中，见脚下洪水愈加汹涌，泥浆不时拍打着桥面。狄公见状，忙轻抚马颈。忽地，一根顺流而下的树干猛地撞中浮桥，一个浪头扫过桥面，泥水遂没过了马腹，狄公靴袜尽湿。他赶着受惊的马儿拼命向前，不久便见桥面干爽了许多，行不多久，马蹄便离桥上岸。狄公纵马跃上缓坡，在几棵高大的树下控辔止步。刚一转头，便听到一声巨响，只见十多棵被连根拔起的大树在洪水中撞向浮桥中央，桥身如虬背般弯向一侧。霎时，浮桥绳断木散，狄公与官道那边除了水花泛起的浊流之外，再无连接。

狄公向官道那边的乡兵扬鞭示意，他将继续赶路。他暗忖，待桥修好，后面的护卫人马即可寻踪而来，他只需在那座要塞中等候即可。转过一道弯，他便来到一处全是高大橡树的向阳处，方觉双脚在湿靴内刺骨的冷。好在，在洪泛区一番跋涉之后，还能再次踏上坚实的土地，实为幸事。

蓦地，传来阵阵树枝折断的声音，一个骑马的恶汉自林中蹿出。只见这恶汉红巾裹发，虎背熊腰，身上披着一张虎皮，背上挎了一柄大刀。他勒住烈马，挡在道路中央，双手舞动短矛，瞪着一双细目，眼睛里满是歹意。

狄公控辔止步，怒声喝道："速速让开!"

那恶汉紧握矛柄，用矛尖画一弧形，一招"拨云见月"，矛尖便扫过狄公胯下坐骑的额头。狄公就势揽辔，纵马扬蹄，正所谓怒从心头起，几天来压抑的情绪瞬间爆发。只见他右手一晃，已将挂于背后的宝剑擎在手中，迎着恶汉面门便是一剑。那歹人也是了得，矛尖虚晃一下，矛身一横便挡下狄公的剑，顺势还以矛柄径向狄公的头打来。狄公闪身躲过，那矛尖却又刺了过来。情急之下，狄公遂借力使力，剑锋过处，矛身顿时被削去大半。恶汉吃了一惊，望着手中所持的小半截矛柄。此时狄公策马趋近，提剑劈向那恶汉脖颈，欲取其性命。恶汉见状，忙双腿使劲一夹，拨转马头，寒光一闪，剑遂从头上划过。那恶汉连声咒骂，却也不敢再动兵器。他驱马奔至道路一头，回头嚷道："走着瞧，谅你也插翅难逃!"

说完，他咧嘴嘿然一笑，随即消失在密林之中。

狄公收剑入鞘，在马上自语，此途迍邅，必须振作精神，自家怎可因恶汉满嘴雌黄而动怒。北州之惨事始终难以释怀，他伤心地心内暗忖，不知何时方能平复心情。

狄公沿坡而上，一路翻越山丘，不曾遇见什么人。登上最后一座山顶之时，北风凛冽，狄公顿觉寒风刺骨，直钻入厚厚的皮

狄公遭遇恶汉拦路（高罗佩　绘）

长袍。他策马下坡，不多一会儿便来到了黄河岸边，在波涛汹涌的河边驻足。只见黄河水奔腾，翻滚的波浪拍打着西侧岸边的岩石。对岸薄雾笼罩，全然不见渡船的踪影。码头之上，唯有两根断柱兀自矗立，任由白色的浪花冲刷着。目力所及，从东至西皆为巨浪，轰鸣着，翻滚着，裹挟着硕大的树干和成簇的青翠灌木。

暮色渐浓，这不毛之地，阴郁幽暗。狄公双眉紧蹙，但见一座古老的乡间大宅，茕茕孑立于西侧三里以外的山上。宅院四周高墙耸立，院子东首拐角处建有望楼，屋顶上飘出的缕缕炊烟瞬间便为劲风吹散。

无奈之下，狄公只得拨转马头，朝通往那座山的小路蜿蜒而去。他别无他法，与随从们走散，不得不中断行程，只得静等浮桥修复，等黄河边的渡船复航。

那大宅四周的缓坡上长满了荒草，巨石遍布，没一棵树，但宅后坡地上却林木茂盛。远眺山间，见一高大的山洞前有不少人在走动；有三人骑马从林间钻出，又从坡上下来。

离宅院尚有一半路程，狄公发现小路下方不远处高高竖了根木桩，木桩顶上挂着一物，近前探身一看，是一颗被砍下的人头：面部扭曲，几缕长发飘拂在前，还有一双手也被剁下钉在了桩子上。狄公摇了摇头，疑惑不解，遂驱马继续前行。

来到宅院大门前，狄公见大门坚固，皆用铁皮包裹。此时他才发现，此宅院颇有些特别，像是一座小小的堡垒，而非寻常的乡间宅院。高耸的院墙之上设有箭垛，墙体结实厚重，整个墙面斜着扎入宽大的墙基，但未见墙上有窗户。

他正欲用鞭柄叩门，大门却缓缓开启。一个看似农夫的老人领他来到一进昏暗宽敞的院子，地面皆用鹅卵石铺就。狄公下马，听到大门合上，铁闩归位时发出刺耳的声音。

一个脸色憔悴、身着蓝袍、头戴小方巾的男子跑了过来。他气喘吁吁，瘦脸几乎贴上狄公，道："从望楼上远远看您过来，便立马吩咐看门人预备开门，万幸万幸，他们没追上您！"

此人长相精明，蓄着八字胡，颌下一丛短须，四十开外的年纪。男子向衣冠不整的狄公打量一番，道："看得出，您远路而来！鄙人姓廖，是这儿的管家。"此时的他已呼吸如常，嗓音悦耳，颇似一位知书达理的乡绅。

"我姓狄，是北边的一个县令，打此经过，目下正欲赶往京城。"

"老天爷，原来是县令大人驾到！在下这就去禀报闵老爷。"

面容憔悴的管家忙不迭奔往三层高的主楼正厅，双臂夸张地来回摆动着，一对舞动的袖子令狄公想起受了惊吓的鸡。狄公这才发现，院子左右两排屋子边有人在低声说话。檐下廊柱间蹲着数十名男女，他们身后放着一堆堆用蓝布和粗绳捆扎的包袱。离狄公最近的柱子旁坐着个衣不蔽体的农妇，正在给孩子喂奶。矮墙那边传来了马的嘶叫声，狄公暗忖，自家的马早已疲惫不堪，最好也把它带至马厩。他牵马步入窄小的角门，嗡嗡的低语倏地消失了。

矮墙内果然是马厩。几个男孩儿正在那里放着风筝，那些个风筝皆是色彩鲜艳的大风筝。其中一个男孩兴奋地抬头望向天空，灰色的天空中高高飞着一只红风筝，长长的风筝线在强风中绷得笔直。狄公轻轻拍了拍马颈，让那最高个儿的男孩给马擦洗喂料，自己则转身返回大院。

一个身穿厚灰羊皮长袍、头戴羊皮帽的胖胖乡绅，沿着宽阔的台阶，从主楼正厅快步迎来。

“大人，您是怎么过五关斩六将到这里来的?”他兴奋地问道。

问得突兀，狄公双眉一挑，答得也简单：“纵马而过。”

“您是如何对付那些个飞虎帮的?”

“什么飞虎不飞虎，究竟是何方……”

狄公话未说完，一个身高马大、穿着皮长袍的人走到那胖乡绅身边。他整了整头上的方巾，彬彬有礼道：“请问大人，您可是独自前来?”

“不，有六十名随从护卫，他们……”

“谢天谢地!”那胖子喊道，“我们有救了!”

“他们现在何处?”高个儿急忙问道。

“在山的那一边，浮桥那边。我刚过了浮桥，桥便散架了。桥一旦修好，他们便会赶上来。”

胖子听罢甚为沮丧。他举起双臂，气呼呼地对高个儿道：“见过这样的傻瓜吗?”

“放肆!”狄公厉声喝道，“怎可如此说话，我乃朝廷命官！你是这宅院的主人？今晚我想在此借宿。”

“在这儿？还借宿？”那胖子语带讥刺道。

“闵二爷，冷静些！”高个儿急道。说罢，他转身对狄公言道：“失礼之处，恳请大人宽宥，目下众人身陷危难。这位闵国泰老爷，是我们府上老爷的胞弟。闵老爷病情沉重，因此闵二爷昨天赶来，帮着看顾闵老爷，以防不测。在下严元，是闵老爷田庄的总管。闵二爷，我们先请贵客进屋可好？”

未待胖子应允，严总管已请狄公步上石阶，众人遂进了正厅。这正厅没有窗户，如洞穴一般。石板地正中有一方形火坑，坑内燃着熊熊的炭火，照亮了大厅。厅里摆着些破旧的大家具：两只乌木橱柜，靠墙一把高背座椅，座椅前面是一张黑檀木雕花方桌。这些老家具与那低矮顶棚上被熏得黑漆漆的椽子十分相配。墙上灰泥裸露，显然大厅的陈设多年未变，是典型的乡间宅院风格，质朴而舒适。

狄公穿过大厅走向方桌时，注意到大厅内高低错落，分为两个部分：厅的左侧有台阶通往厢房，厢房有镂空的格栅屏风与大厅相隔。透过屏风，狄公见高高的书案之上堆满了账簿，显然是账房所在。

严元点燃几案上的烛灯，请狄公在那张宽大的高背椅上落座，他则坐在左侧的椅子上。他嘴里不停嗫嚅自语，让闵二爷坐在对面的小扶手椅上。在严总管忙着取盏奉茶之际，狄公解下随身的宝剑，放在墙边的矮桌上。他松开皮长袍，在椅上坐定，接着往椅背一靠，轻捋长髯，暗自打量起眼前这两人。

严元严总管比较简单，俊朗的脸庞，黑髭分明，颌下胡须修剪齐整，一口官话，虽略有些造作，但可知这年轻人是城里人。他年纪至多二十五岁，可眼皮略肿，眼袋发黑，讨人喜欢的厚嘴唇旁法令纹很深。狄公颇有些不解，这年轻后生缘何从繁华的城里来这穷乡僻壤的农庄当总管。待严元用绿陶杯为他奉上热茶时，狄公不经意地问道："严总管，你和此宅主人是亲戚吗？"

"大人，确切地说，在下是东家太太娘家的亲戚。家父家母皆在州府，去年家父送我来此静养，当时病得很重。"

"要不了多久，我们所有的病痛都会被一扫而空。"闵二爷唉声叹气地嘟囔道。听上去他的乡音很重，但从肥硕的下巴、睥睨一切的神情以及修剪得颇为讲究的长须来看，此人是城里的商人。

"尊兄究竟所患何病？"狄公缓颜问道。

"是哮喘，因心脏不适更加剧了病情。"闵二爷很快答道，"倘若他平时能善自珍摄，百岁之寿也并非不可能。医生嘱他休养一年或更长时间，可他呢，偏不！无论晴天雨日，他都去地里巡视。这下可好，我匆匆赶来，只好把茶铺生意交给那些伙计，那些成事不足败事有余的家伙！您说，我的生意，我的家人可怎么办才好？那狗娘养的飞虎帮会把我们斩尽杀绝的，真是倒霉透顶！"

他把茶杯重重搁在桌上，短肥的手指恼怒地捋着胡须。

"我想，"狄公道，"你指的该是在附近出没的蟊贼吧。适才我也曾被一个身披虎皮、手执短矛的强盗拦下，不过他武艺欠佳。眼下时乖运蹇，洪水泛滥冲断官道，那些个为非作歹的地痞无赖便出来趁火打劫，可谓无恶不作。但你也不必过虑，我的随从武装齐备，浮桥一旦修复，他们便可赶到。届时那伙蟊贼自然不敢来袭。”

“老天爷啊！”闵二爷冲着严元嚷道，“他说得等浮桥修复。这就是你说的朝廷命官！”他竭力克制着，语调平静地对狄公道：“尊敬的大人，您说那修桥的木材从何而来？此处方圆数十里可没一根树木啊。”

“胡说！”狄公驳斥道，“我适才还经过一片橡木林，那怎么讲？”

闵二爷瞪了狄公一眼，遂又坐回扶手椅，一副听天由命的神情对严元道：“严总管，能说说眼下我等的处境吗？”

严总管从茶盘中取出一根筷子，放在狄公面前，又在筷子两边各放了两盏倒扣的茶杯。

“这筷子代表黄河，”他开始解释道，“黄河自西向东流经此处，这筷子前面的茶杯算是南岸要塞，后面这只便是我们这座宅院。”他以指蘸茶，在后一只茶杯四周画了个圈，接着又道：“这儿是山坡，乃黄河北岸唯一的高地，由此向北十多里，皆是稻田，都是闵老爷的地。是的，洪水漫过山南，这片山丘便成了孤岛。山丘以北的官道已被洪水冲垮，乡兵便在豁口上方修了临时浮桥，大人来时的浮桥便是这座浮桥。此处渡口昨日下午也被洪水冲毁，闵二爷和其他行商便是搭早晨最后一趟渡船来的。这乡间宅院是附近唯一有人居住的所在。大人，我等被洪水围困，已孤立无援了。天知道渡船何时才能够复航，而乡兵若要从北边运来修复豁口浮桥的木材，也尚需数天的时间。豁口以北方圆十多里，恐怕难以找到一棵树。这一点，您南下时应该已经留意到了。”

狄公点了点头道：“我发现有不少灾民聚在此处，那为何不从中选些个身强体健的农夫，骑马去豁口。他们可伐树，可以……”

“您来的时候，可曾注意路边桩子上有被砍下的人头？”闵二爷打断了狄公，问道。

“当然，那是何意？”

“意思是说，”胖胖的闵二爷嗓音低沉地说道，“那些强盗贼人一直密切关注着咱，这伙人就栖身在宅院后坡的山洞中。您看到的是咱府马倌的脑袋。我们把他派去豁口乡兵那儿报告此处的险情。就在快到官道的时候，他被六个骑马的匪徒擒住。这伙歹人将他拖至宅院门前，剁去手脚，又砍下首级。”

“禽兽不如的蟊贼！”狄公大怒，问道：“他们有多少人马？”

“一百人上下，大人。”严总管答道，“他们武备齐整，乃一股三百余人的游匪残余，望去都是些杀人越货的亡命之徒。半年前，这伙贼人便在本州南部偏僻的山里兴风作浪。官军一到，他们自然作鸟兽散，但过后又卷土重来，为害乡里，残杀百姓。之后，官军步步为营，一路剿杀，两百来号贼人在逃跑中丧命。一干余党遂寻机逃来此地，恰逢洪水泛滥，便躲藏在这荒山野岭。

“他们在山洞里安营扎寨，并在山顶与山坳口设了岗哨。或许他们打算待洪水退了便溜之大吉。可黄河渡口一毁，贼人们便不再顾忌对岸要塞的官兵，更使出奸计。昨天，六个贼人来到此处，张口索要两百两黄金，这伙人说那是‘平安钱’。说金子到手，隔天一早便会坐搭好的木筏离开，一路向东；如若不给，众人便会攻入宅院，无论老小，一律斩尽杀绝。料那贼人定是在宅院里收买了哪个仆役，因为这伙贼人讹诈的金子数额，恰是闵老爷通常在钱柜里存放的数额。”

严总管摇了摇头，清了清嗓子，接着又道：“闵老爷决计花钱买平安，那些贼人便说他们的头目会亲来取这笔金子。闵二爷和我遂去了闵老爷的屋子。闵老爷给了我们钥匙，可待我俩打开钱箱一看，内中空空如也，金子已然被盗。当晚有名丫鬟不知所踪，我等自然便怀疑她是行窃之人。

“我等将黄金失窃一事派人告诉了飞虎帮头目。那头目勃然大怒，大骂我等在耍弄诡计，为的是拖延时间。他威胁说，若今日天黑前没有将金子送到山洞，他便会亲率人马来抢金子，还会把院里的人杀个精光。绝望之下，我等派出马倌到官道豁口联络乡兵。结果如何，大人您也看到了。”

“想想，一过黄河便是要塞，”狄公自言自语道，“那里少说也有一千来官兵啊！”

“更别提还有数百名武备齐全的水军，那些不得不从黄河码头哨所撤下的水军也都在要塞，设在黄河码头的哨所已然撤下。眼下，所有的兵力都集中到了要塞。”严总管道，“但如何才能联络上他们呢？”

“燃一堆烽火如何？”狄公问道，“要塞里的官兵若是瞧见，

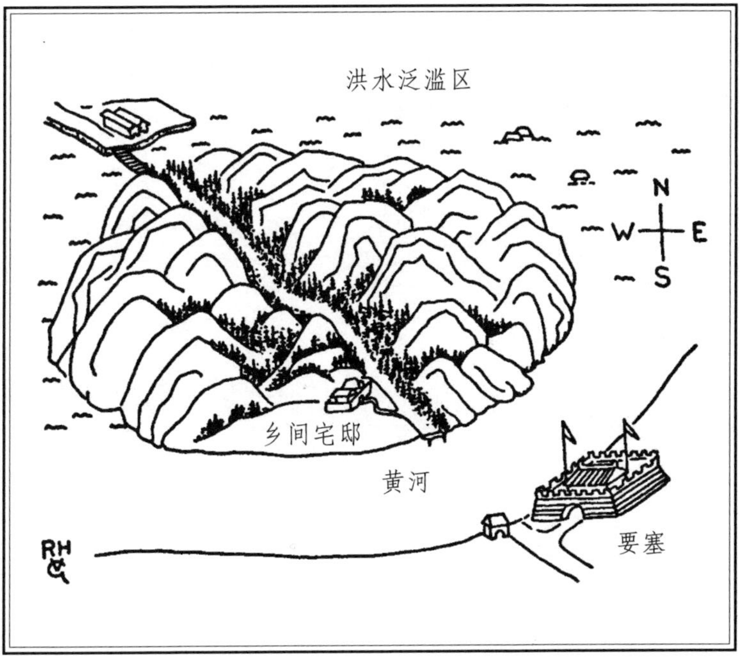

闵宅周边示意图（高罗佩　绘）

兴许会……”

闵二爷双目圆睁，向狄公嗔怪道：“就算把这宅院烧光了，他们也不会赶来。”

严总管忙道：“确实如此，大人！大些的战船确实可在洪水激流中渡过黄河，但风险不小。除非事关重大，他们决计不会出动。若是出动，他们先得将空船拖至离岸较远的河上，待官兵上船后再迂回航行，在南岸下游适宜处停船下锚。如此大费周章，尚需天时地利之便。不过，要塞统领若知道臭名昭著的飞虎帮藏身此外，定也会涉险率军而来。这可是剿灭这伙贼人的最好时机呀。飞虎帮对此心知肚明，故而先前只是在此藏身，但并不招摇。故此，渡船未停之前，商人们尚能安然乘船南行。”

狄公缓缓点头道：“我承认，眼下的情形确实不容乐观。”

“大人终于认识到了这点，真令人欣慰。”闵二爷刻薄道。

狄公道：“这宅院如堡垒一般，倘若给院内灾民发放兵器，这样一来……”

“此法我等也想过。”闵二爷打断了狄公的话，“那您要看看咱有些啥兵器吗？两支生锈的长矛，四把弓箭，还有三柄宝剑。对了，把您搁在矮桌上的算上，有四柄。”

“百年前，”严总管道，“闵府还有个武备齐全的兵器库，有二十来名勇武的家丁看家护院，但所费颇高。要塞建成之后，这些当然也就没必要再留着了。所以，大人您看……”

他正四下张望，此时面容憔悴的廖管家迈着大步来到众人跟前。

“闵二爷，我让大门的守卫替我在望楼站一会儿岗。”他毕恭毕敬地对闵二爷道，“厨子说，为灾民熬的粥已安排妥当。”

闵二爷沮丧地对狄公言道：“我数过，整整四十六张嘴等着喂啊，男女老少都有。”他长叹一声，无奈道，“也罢，咱们走吧。”

“闵二爷，我们是不是先给县令大人安排个住处？”严管家问道，“大人怕是要更衣了。”

闵二爷犹豫片刻，简短吩咐道：“还是让我那兄长定夺吧，他才是这儿的主人。”接着，他转身向狄公道：“请大人稍候片刻，我和他俩先去给灾民施粥。您看，仆役们听说飞虎帮要来，全跑了。眼下宅子里的仆役，除了看门的，便是我从城里带来做帮手的一对老夫妇。所以请大人见谅，我等恐怕没法好好款待您了。”

“一切由我兄长定夺……”闵二爷一边反复念叨着，一边站起身，带着严、廖二人离开了大厅。

狄公给自家又倒了一杯茶。适才他只说自己是个县令，以免惊扰到尚未谋面的主人。可他是朝廷大臣，即便此地最富有的财主，想必也会为能接待这么大的官而不知所以吧。眼下所处窘境，他已然明了，并庆幸自己未曾暴露真实的身份。

饮完杯中茶，狄公起身来到门口台阶之上。他见院里点了些冒着烟的火把，严、廖二人正站在一口大铁锅旁，忙着把稀粥依次舀入灾民的碗中。闵二爷则在一旁招呼着，时不时还高声斥责几句，让灾民们勿要推搡拥挤。人群里妇孺为多，有些还抱着婴儿。绝不能让这些百姓落入那伙贼人之手，飞虎帮会杀光老弱幼婴和成年男子，再将少年和妇人掠卖为奴。狄公暗忖，必须有所行动。他苦恼地捋着长髯，徒唤奈何。身为大理寺卿，历练无数，可瞬间却成了个无助的过客。

狄公转身回到大厅，来到左侧那间小小的账房。他端坐在扶手椅内，双手拢袖，抬眼望着对面墙上那一轴褪了色的山水画。画的两侧各挂着一幅字，浓墨籀文，皆是源自典籍的箴言，右书“缘法以治，明王之天下”，左写“归心于农，朴民而四方”。

狄公点头称善。他坐在椅上，双目凝视，默默沉思。蓦地，他站起身，伸手将烛火拉近，拿起茶壶往砚台上倒了些水，又自漆盒内取出陈墨，在砚台上磨起墨来。他想着如何落笔。便从账簿边拿起一沓厚厚的自制土纸，挑了支毛笔，开始伏案疾书。写罢，他又复写了好多份。“如同塾中抄书习字一般。”他苦笑一声，自语道。狄公取出贴身秘藏的官印，一一钤在这些纸上。

他靠回椅背，心里盘算着有几分把握成事。一路长途跋涉，他感到全身僵硬，腰背疼痛，还好头脑清醒。自打离开北州，他头一次感到释然。沉溺于忧思，实在愚不可及。他必须振作精神。这该是在北州失去的亲人——他忠诚的助手以及药王山的她，对自己的期许吧。他必须想方设法拯救这宅院里的人。倘若计划失败，他打算质身于飞虎帮，亮明身份，并向他们承诺数倍于闵家两百两金子的赎金。那意味着他会有一段时日遭罪了。为早些将赎金弄到手，贼人们或许会削去他的双耳、砍掉他的手指。不过，他知道如何对付这帮恶棍。无论如何，这是战胜贼人的可行之法。他站起身，重又回到了冰冷的大院。

狄公梭巡于灾民之中，见众人正喝着粥。他终于找到那个为他照料马匹的男孩。待男孩吃完粥，狄公与他一起来到马厩。

矮墙之外空无一人。北风呼啸，直刮两个人的脸。他将男孩带到墙角，两人聊了好一阵子。最后，狄公问了男孩一个问题，男孩一听，忙不迭点头。狄公遂将那些卷好的纸交与男孩。他拍了拍男孩的后背道："我相信你！"说完，狄公便又返回了大院。

闵二爷站在大厅台阶之上。"我们正到处找您！"他粗声粗气道，"我兄长想在晚饭前请您楼上一见。"

他领着狄公进了大厅，从厅门口一个宽大的楼梯上到二楼。二楼灯光昏暗，有数扇门，许是主人家的卧室。闵二爷轻轻叩了叩左边的一扇门。那门只开了小半扇，露出老妇人满是皱纹的脸。闵二爷和她低语几句。不一会儿，门开了。闵二爷示意狄公随他进屋。

屋里很暖和，有股浓烈的草药怪味。稍远处地板上有只铜火盆，盆里炭火正旺，上面煨着直冒热气的药罐。屋里没啥摆设，靠墙几案上放着一对高高的黄铜烛台，烛光照亮了屋子；挨着后墙，是一张硕大的乌木雕花架子床，厚重的锦缎帷帐已被拉开。闵二爷请狄公坐在床头的扶手椅上，又拿了把矮凳挨着狄公坐下。老妇身着暗灰色长袍，双手拢在袖中，侍立一旁。

狄公注视着面前的老人，只见他头卧高枕也正用那双失神、红肿的眼睛打量着狄公。他已形销骨立，脸上皱纹密布，双眼显得异常之大，几缕灰白的头发贴着虚汗淋漓的额头，薄唇紧抿，灰髭稀疏，光滑的颌下也蓄着胡须。

“大哥，这位是狄县令。”闵二爷轻声说道，“他南下奔往京城，但被洪水困住了，他……”

“我翻过历书，看到了！”老人忽然亢奋起来，用颤抖的声音言道，“第九颗星划过寅木虎星时，可怕的灾难就会降临。历书上说得明白，这预示着大难临头，有血光之灾。”他闭上眼，喘着粗气。过了一会儿，他闭着眼说道：“寅木虎星又被划过了。上一回是啥时候？是啊，那时我才十二岁，刚学会骑马，洪水涨啊涨，涨到大门跟前的台阶上，我亲眼所见……”一阵咳嗽令瘦削的肩膀剧烈地颤抖起来，让他说不得话。那老妇人赶紧走到床前，用个大瓷碗喂丈夫喝药。

待老人不再咳嗽，闵二爷又道：“大哥，狄县令今晚要留宿在此，我想楼下的厢房可以……”

蓦地，老人睁开了双眼，若有所思地盯着狄公，喃喃道：“全都应验了，应验了！虎星异象来了，飞虎帮来了，洪水来了，我病倒了，琦玉死了——咱都没法给她落葬。”他挣扎着欲起身，但已力不从心，骨瘦细长的双手从被子下露了出来。他重又倒在枕上，对闵二爷低语道：“他们会将她停厝在棺木里的身子剁碎的，这帮畜生，你定要……”他哽咽着，他妻子忙轻抚他的肩膀。老人又闭上了双眼。

闵二爷忙小声向狄公道：“琦玉是我兄长的女儿，芳龄十九，天赋很高，可惜身子不好，心疾而神虚。您知道，眼下这些事对她刺激过大。就在昨日晚饭前，她心疾突然发作，不幸过世了。我兄长非常疼爱自己的女儿，闻此噩耗，悲痛欲绝乃至旧病复发，他……”闵二爷止住了话头。

狄公疑惑地点了点头。他留意到旁边靠墙摆着一只高高的柜子，边上叠着春夏秋冬四季的衣箱，再过去是一口大铁箱，箱上用铜锁扃固。他转过头，发现那老人正盯着自己，大眼之中现出一丝狡意。他的老妻此时已走到墙角火盆处。

“是啊，金子就藏在那儿！”老人似痴若癫，咧嘴笑道，“大人，那是四十锭金，两百两金子啊。”

“是翠菊偷的，那个小婊子！”狄公身后传来干巴巴的嗓音。那老妇人一头说着话，一头恨恨地瞪着床上的病人。

“翠菊是个丫鬟，年纪尚小。”闵二爷略显尴尬地对狄公道，“昨晚她失踪了，显然是投了那伙贼人。”

“这婊子想的就是与那些个强盗畜生行那些下流事，”老妇人厉声道，“然后拿上金子走人。”

狄公起身走向钱柜，细细检查了一遍。

“这锁未被损坏。”他说。

“她当然搞到了钥匙。”老妇人作狠道。

老人用瘦弱的手紧扯老妇的袖子，恳求地望着她，似要说些什么，只是嘴唇颤抖，已吐不出连贯的话。一时间，泪水从他深凹的脸颊上淌下。

“不，不是她拿的！你要相信我。”他啜泣道，“我还能说啥，病入膏肓……没人怜惜我，没人啊……”他的老妻俯下身子，用巾帕擦了擦他的嘴和鼻子。狄公又将目光转向了钱柜，再次探头端详这只大铁箱。箱子外面包着厚厚的铁板，坚固的挂锁上一丝划痕也无。他回身来到床前，此刻老人已恢复了平静。他对狄公缓缓言道："只有我和妻子、女儿知道钥匙藏哪里，他人是不知道的。"他几无血色的薄唇上泛出一丝诡异的微笑。老人伸出右手，细细的手指沿着床架边摸索着，那儿有不少精细的花卉木雕。

"翠菊一直在你身边陪着，连你发烧的时候也在。"老妇人怒道，"你迷迷糊糊时指给她看了，你呀！"

老人低声一笑，枯干的手指在一处木雕花朵上按了按，只听咔嚓一声，床沿处的暗格被推开，内中现出一把大大的铜钥匙。老人露出孩子般的笑容，遂将暗格开了又合，合了又开。

"一个丰满、漂亮的姑娘。"他嘿嘿乐道，"小农家的存粮。"说着，嘴角流下一行涎水。

"你早该多想想你女儿的婚姻大事，而不是那个婊子！"他那老妻在一旁说道。

"啊，我的好琦玉啊！"闵老爷忽地又正经起来，"聪敏伶俐、招人疼的闺女啊！"

"是我，安排了她与梁家的婚事。是我，为她备好了嫁妆！"老妇人怒气冲冲道，"可你倒好，竟然瞒着我……"

"尊夫贵恙在身，本官不宜久扰。"狄公打断了老妇人的话，并暗示闵二爷要走。

"大人留步，"闵老爷忽地叫出声来。他目露精光，注视着狄公，语气平缓道：“大人，您就在琦玉的屋里住吧。”言罢，他长叹一声，遂又闭上了双眼。

闵二爷陪着狄公向房门走去。老妇人蹲在火盆边，用铜钳翻动木炭，愤愤地咕哝着。

“令兄病得不轻。”下楼梯时，狄公对闵二爷道。

“确实如此。但我等都活不长，厄运将至。琦玉还算幸运，能安静地离世。”

“恰在她成婚之前。”

“就是啊，她和对岸的梁府大公子定了亲。那梁府是要塞一带的大户人家。那大公子也是个好小伙儿，长得一般，可秉性刚毅。我在城里见过他们父子。可现下连去给他们报丧也办不到了。”

“那她的遗体现在何处？”

“暂厝在佛堂的一口薄棺之中。”到了楼下，闵二爷高声道：“瞧，严总管与廖管家已在等我们了。我想您不用先去琦玉房间吧？您知道，外头有间更衣室，出门可见。”

等狄公回到大厅，闵二爷和严、廖二人已经在那张大桌旁落座，桌上摆着四碗米饭、四碟腌菜和一盘咸鱼。

“非常之时，招待不周，望大人海涵！”闵二爷照例客套了一番，举箸示意请大家用饭。他抱怨道：“家里余粮已不多了，我那兄长不该不知……”他摇了摇头，自顾自吃起饭来。

好一阵子，众人都默默进饭。狄公饥肠辘辘，觉得这粗茶淡饭颇合自家的胃口。严管家起身从墙边矮桌上拿起一只褐色的陶罐和四个小瓷盅。见他倒酒，廖管家讶异地看他一眼，嗔道："严元，这罐酒原来是你拿出来的！闵小姐昨晚刚过世，而今我等处境险恶，你咋有心思喝酒呢？"

"我等为何要因那些恶贼而丧魂落魄？酒能浇愁，更能壮胆。"严总管漠然道，"这是上好的佳酿，闵二爷，您不反对吧？"

"喝吧，喝吧！"

廖管家低下头，双手不住微颤。狄公取杯尝了一口，此酒确属上品。

廖管家蓦地将筷箸一放，忧心忡忡地望着狄公，半晌方道："大人，您身为县令，想必盘问过无数土匪强人，熟悉他们的本性。在您看来，咱能否说服他们接受飞钱？闵老爷和城里两家钱庄的关系匪浅，并且……"

狄公冷冷回道："我从未听说，强盗贼人会接受金银现钱之外的东西。"饮罢酒，狄公感觉身子暖和了许多，靴子此时也干了。他起身脱下皮长袍，露出里面的褐色布袍和玄色宽缎腰带。他将皮袍往矮桌上一放，言道："其实，我等不必过于悲观，照我看来，脱困解厄之法倒也不止一种。"

狄公重又落座。他推了推头上的皮帽，双肘支在桌上，望着其他三人继续言道："那些贼人显然是恼羞成怒，认定闵府所说金子被盗一事纯属无稽之谈。他们时间也不多。洪水退去之前，他们须乘木筏逃离此地。他们对要塞的官兵必是心存畏惧。但倘若他们狗急跳墙，切勿指望他们会心生怜悯。同贼人协商，简直是与虎谋皮，除非我等胜券在手，如此方可与之周旋。我想，此处佃农夏天时常会捕鱼吧？”严、廖二人点了点头。狄公道：“好！我估量贼人明日一早会来袭击宅院。今晚可挑几名捕鱼高手，弄张大渔网，让他们攀上门楼屋顶潜藏。此事万不可泄露，恐灾民中或有贼人细作。明早他们一到，我便出去同他们周旋，我明白如何与他们打交道。我会告诉他们的头目，我等武备精良，若他们放过众人，我等便不再抵抗。他们大可进来取走所要之物，包括金银器具。到时，他们自会接受这个提议，因为只有这样，他们才能不费吹灰之力进得宅院，杀了我等众人。不过，只要那头目和众随从入得大门，先前埋伏在屋顶上的人便可撒下大网，将这帮人马罩住。此时大伙再将大门关上，把其余的贼人拦在门外。那头目及其随从虽说刀剑齐整，但我等众人借助钉耙铁锄等农具也很容易将渔网中的贼人制服。如此一来，我们手中有了人质，便可与墙外的贼人们谈判计较了。”

闵二爷缓缓点头，称许道：“这主意倒不坏。”

廖管家的脸色明朗了许多，可严总管却噘了噘嘴，担心道：“这太过冒险，若出了岔子，叫贼人逮住，会让我等求生不能，求死不得。”

闵二爷和廖管家一听又嚷嚷起来，狄公却并未在意。他果断言道：“明日若发觉情况异常，你们便速速将我身后的大门关上。一切我自有计较。”他苦笑了一下，又道：“要知道，我便是虎星遭犯那年出生的。”

闵二爷仔细打量一下狄公，言道：“好，我会确保渔网安上。

廖管家，你来帮我。”闵二爷站起身，身形轻快了许多。他对严总管说道：“严元，你能送狄县令回房休息吗？我得赶去望楼，轮到我值夜了。”说完，他转身对狄公说道：“大人，我们几个轮流值夜，每一个半时辰换一班，观察四下动静，以防贼人来袭。整夜值守。”

“当然得算上我。”狄公对闵二爷道，“我在你之后，如何？”

闵二爷断然拒绝，口称不妥，但在狄公的再三要求之下，他只好安排狄公于子时至丑时值夜，之后由严总管接狄公的班，直至黎明。

闵二爷同廖总管去库房取渔网。狄公将皮袍披在肩上，取了佩剑，跟着严总管上了楼。两人沿着咯吱作响的窄梯上到三楼，狄公见走道尽头有扇木门。

严元停住脚步，面露惭色道：“在下万分抱歉，闵老爷竟让大人住在这里，还望大人不要介意，昨晚小姐她……其实我可在楼下给您安排一间房，旁人不会知道……”

“这间房就不错。”狄公打断了他的话。

严总管打开房门，请狄公进去。这是间幽暗阴冷的屋子。他点燃桌边的烛灯，说道：“确实，整个宅院里，就数这屋最讲究。大人请看，闵小姐是个趣味高雅的姑娘。”

他随手指了指大屋子里那些个家具，接着又指着对面几乎占了整堵墙的大移门，道：“那外头是露台，与屋子齐宽。夏天晚上，闵小姐常在那儿闲坐，品赏明月群山。”

“她独自一人住在这里？”

“对，这层没其他屋子。听说原是堆放杂物储物用的，可闵小姐慧眼独具，雅爱此处的幽静和露台外的景致，闵老爷便让她在此住下了。小姐本该与女眷居于一处，就是大院东头的那片楼。在下一会儿让闵二爷的随从给您奉上热茶。您先好生歇息，子时在下会来叫醒您。”

严总管带上门出去，狄公重又穿上皮袍。屋里实在太冷了，移门处阴风阵阵，令人不适。他将佩剑置于屋中央的红木桌上，桌下铺着厚厚的蓝色地毯。狄公缓缓打量四周，但见门右侧有张不大的卧榻，四根檀木柱子上挂着顶薄纱帐。榻边叠着四只红色漆皮衣箱。再过去有张梳妆台，打磨光亮的圆镜下，整整齐齐摆放着一组粉盒。门左侧安了张高高的琴台，上面卧着七弦古琴，一旁有个上过桐漆的湘妃竹书架。靠移门的屋角，横着一张雕花乌木书案。狄公走至书案前，细细品赏案边墙上的画作，乃是一轴傲梅图，应是出自名家之手。他注意到，书案之上，笔墨纸砚以及笔架、书镇等物，皆是精心遴选的珍贵古董。屋子布置得别具一格，一望便知，其主人琴棋书画无一不精，教养、品位出众。

他在屋子中央的桌边竹椅上甫一落座，便又站起身，那把轻巧的竹椅吱嘎作响，似难承其重。看来，过世的琦玉小姐定然身材娇小。他将琴台边那把沉重的乌木椅拉来坐下，伸了伸僵硬的双腿，只听得屋顶上狂风呼啸，直入耳畔。

狄公轻捋长髯，竭力廓清心中的疑惑。用渔网捉拿匪首之计，他没法保证天衣无缝。此提议本为激励闵二爷，为的是他不至于抱坐以待毙之念；而对自己所定之策能否成功，狄公也并非胸有成竹。最可靠的，还是他亲自与贼人头目谈判，但朝廷不会为了救一名官员而放过匪帮。如此行事，一来有损朝廷威严，二来其他匪徒也会如法炮制，以逞其奸。不过以自己现下的品阶，朝廷或许会破例，而飞虎帮匪众若得赦免，自然又会打家劫舍、作奸犯科。倘若他此次侥幸存活，他定会竭尽全力，将这伙罪不可道的恶棍扫除净尽。

狄公漫无目的地想着，那两百两金子又是被谁窃去的？他不禁想起适才闵老爷卧室里的尴尬情形，那丫鬟显然有机会探明钱箱钥匙藏在何处。但狄公隐隐觉得，事情远非如此。都说这老人宠爱自己的女儿，可提及琦玉小姐时，他似乎语带讥讽。此外，老人为何坚持让一位断案无数的官员住在前一晚才过世的爱女闺房之中？

一阵敲门声将狄公从沉思中惊醒，走进来的是一位弯腰驼背的老苍头。只见他身穿青色粗布袍，蹑手蹑脚将茶盘放在狄公面前，接着又往梳妆台旁放了个小木桶。他刚走至房门，狄公唤住了他，问道：“闵小姐心疾发作时，是否只她一人在此？”

“是的，大人。”接着，这个灰胡子老苍头，用一口狄公不解的方言，扯了一大通话。

“说得慢些。”狄公不耐烦道。

“我不是说了吗，小姐就躺在这张床上。”老苍头怏怏道，“她打扮得很漂亮，估计是要去用晚饭，还穿着件白裙，质地上乘，我猜想那不便宜。小姐一直没下楼来用饭，严总管便上去敲门，可她没回应。于是严总管下楼告了我家老爷，老爷便唤上我一起上来。我俩进到屋里，见小姐就躺在那张床上，就像方才我告诉过你的。我们都以为她睡着了。老爷喊了她几声，不见动静，于是弯腰给小姐搭了搭脉，抬起小姐的眼皮瞧了瞧。‘她心疾发作，已经去了。’老爷脸色煞白，难过地说道。他吩咐我去叫上婆娘。我和婆娘用担架将小姐抬到了佛堂。要我说，她可真重呀。老爷让廖管家搭把手，让我们一同将小姐放入棺材里，可那憨子听到噩耗便瘫倒了，没一丁点儿用处。我说别麻烦了，我和婆娘会料理好的。咱确实办到了。”

“明白了。实在不幸啊。”狄公道。

“唉，大人，从城里大老远赶到这儿，等着挨外头飞虎帮那一刀才叫不幸呢！我活了那么大岁数，啥也不缺，儿女都成家了，我这把老骨头还能抱怨啥？我总说……”

雨打屋瓦的声音突然大了起来，老苍头打住话头。“还嫌咱雨水不够似的。”老苍头嘀咕着出了房门。

狄公暗忖，暴雨若继续下，水便会上涨。自然，这也妨碍了飞虎帮的夜袭。他叹了口气，走到梳妆台前，洗了脸和手。然后，他拉开梳妆台最上面一层的抽屉，在洗漱物品中欲找把梳子梳一下长髯。然而，他发现里面有一幅卷轴，在此处存放书画倒甚是奇怪。他解开卷轴的象牙口，展开一览，见卷轴上画的是一个妙龄少女。他正打算将画卷起，忽见落款处有行蝇头小楷：“遵闵公嘱为琦玉小姐二八芳华写。”如此说来，画中的少女便是那位去世的琦玉，至少是三年前的玉容。他将画展于案上，低头细细端详。但见画中少女光滑的乌发向后梳起，在颈后绾了个发髻。女孩肩略有些斜，看上去颇有些瘦弱，似微微有些驼背。她相貌卓然，虽不算好看，却也迷人。额头略高，鼻子细巧，呈鹰钩状，苍白的面颊凹陷，双唇无色，显见疾病缠身。目光聪慧，大眼炯炯有神，散发着一种奇特的魅力。不过眉眼神色之间，隐约有种奇怪的、近乎饥渴的占有欲，令人不安。

这位画师自非寻常之辈，他笔下的闵小姐端的栩栩如生。狄公心下忽生不安，仿佛自己闯入了未曾去世的闵小姐的闺房，她随时都可能走进这屋子。

狄公闷闷不乐地放下画卷，听雨声滴滴答答。不知何故，那女孩的眼神令其困惑不已。他把目光转向书架，遂起身快步走到跟前。他放下闺房中常见的一些书籍，诸如《女诫》《女师》一类，有四部女诗人的诗集令他颇感兴趣。几卷书中折页颇多，可见闵小姐曾熟读过这些诗作。就在把诗集放回书架时，他想了想，遂又细细看了看四位诗人的名号，忽然醒悟，这四位最后都是自杀身亡。狄公捋了捋长髯，不解其由。他又看了看其他的书籍，不禁疑窦丛生。书架上的书都是些道家著作，无非饮食、疗病、养生、炼丹之类。狄公回到桌旁，将画卷凑近烛火再加琢磨。

他明白了。那可怜的女孩饱受心疾折磨，一直担心自己青春未至却命归黄泉。因恐惧而生的执念，让这个女孩在四位厌世的女诗人诗作中寻求慰藉。女孩的眼中充满渴望，那种欲活下去的强烈渴求，让看到此画的人过目难忘。狄公这才明白，那女孩为何将自己的画像放在梳妆台抽屉里。为的是每日将镜中的自己与画中人对照，以便细察面容、身子的细微变化。好个可怜的女孩。

如此说来，她寄情梅花便自有其由。那些小小的白色花朵，在一节虬曲盘结、看似枯萎的老树枝上怒放，象征着冬去春来，万物复苏。狄公走到衣箱处，打开最上面的一口箱子，见里面叠放齐整的衣衫长裙上几乎都绣着梅花图样。

狄公自斟了盏茶，一饮而尽。他摘下皮帽，挨着佩剑搁于桌上，然后脱下长靴，上床和衣而卧。耳畔尽是单调的雨声，他只愿赶快睡着，但这过世女孩的画像却一直在脑中萦绕，挥之不去。

“休道梅花寻常事，凡尘何处吐芳华？”

狄公睁开双眼，骇然起身。但见桌上烛火摇曳，屋内并无他人。原来那娇嫩的声音源自梦中，可两句诗倒像是女孩向观画者所提之问。他合上双眼，听着滴答作响的雨声，很快便倦意来袭，酣然入眠。

狄公被严元摇醒。从床上起身后，他才发现雨声已歇。

“雨何时停的？”狄公戴皮帽时问道。

“大人，约两刻时前雨势渐弱，而今已是毛毛细雨。离开望楼时，我见贼人山洞中有火光，不知他们在做些什么勾当。”

严总管提着油纸灯笼在前面引路，和狄公两人来到大厅。厅内那堆炭火已然熄灭，但烧红了的木炭令大厅温暖依旧。

潮湿的大院一片漆黑，寒冷刺骨。走过门楼时，严总管提起灯笼，照着蜷缩在墙角的三个人，说道："大人，他们已在门楼顶上备妥了大网。这三人都是捕鱼的老手，需要时，他们会很快爬上楼顶。"

狄公点头称许。他注意到风势渐弱。

他紧跟在严总管身后，上了通往高墙的石阶，石阶狭窄、湿滑。两人沿着墙垛内的夹道来到东南角的望楼前，攀上吱嘎作响的木梯，到了一处四周都用粗壮原木围起的望楼。

望楼四檐低垂，既可防风挡雨，更能抵挡乱箭。

"大人，坐在这张条凳上会很安全，四周动静，亦可察觉。"严总管将灯笼放在地上，却没有离开的意思。

"接替我之前，你最好歇一阵。"狄公道。

"在下一点儿都不累，想是兴奋的缘故吧。大人不介意在下在此待一会儿吧？"

"一点也不。"狄公指了指条凳，严元遂坐在他身旁。

"大人，现下能看清楚了。瞧！他们在山洞前点了篝火，他们要干吗呢？"

狄公凝神观望着山洞处。

"天知道他们想干啥。"狄公耸了耸肩，"或许只是为了取暖。"他朝南望了望。黑暗中无一丝亮光，唯听见黄河之水奔腾不息。他裹紧皮袍，虽说风势已弱，但寒冷依旧。狄公打了个冷战，道："适才见你家老爷时，我发现他虽有些神思恍惚，但仍是位精明的乡绅。"

"确实精明得很。他为人严厉，但行事公正，体恤下人。凡佃户所需，他总是尽量满足，可谓人人称颂。老爷患病之前，我的活儿很轻松，无非到地里转转，收收地租，听听佃户有啥抱怨。洪水之前的日子还真是无聊！老天，城里和这乡下委实不同。您听过咱那州府吧？”

“曾路过一两回，可谓繁华。”

“就是这么说，‘繁华’二字所费不赀啊。在城里，去哪儿都得花钱。您知道，我在家里又不怎么受待见。家父开了家不大的茶叶铺子，赚的钱只勉强够支应家里花销。可这闵家是富贵人家，已传了数代了。闵老爷在城里就存了许多金子，更别提置办的田产了。”

“倘若老人去世，他的产业归谁呢？”

“而今闵小姐过世，这些都将归闵老爷的弟弟闵二爷所有。这家伙已经够富了，可谁不喜更富贵，是吧？”

沉默一阵后，狄公不经意地问道：“闵小姐去世时，你在场吗？”

“去世时？我没在场。不过，是我先发现事有蹊跷的。昨日下午，众人都感觉小姐心绪不佳。老夫人说，她上楼比平时早了许多。见她未下楼陪老夫人用晚饭，我便上去敲门，可没人回应。于是我连忙下楼禀告了闵二爷。闵二爷带着他的老仆上楼，便发现小姐穿戴整齐地死在了床上。”

“她会不会是自尽而亡？”

“自尽？老天在上，不可能！闵二爷精于岐黄，他诊断小姐死于心疾，是在晚饭前小睡时猝死的。我去禀告了老爷和夫人。

如此令人痛心之事，您知道，真难开口。老人家一听便倒下了，夫人花了很长时间才让他平静下来。后来，闵老爷让人将小姐入殓，暂厝佛堂。经过便是如此。”

“我明白了。”狄公道，“见你家老爷时，夫人提到一个名叫翠菊的人，说了一些事。听夫人的意思，这丫鬟知道了藏金子的地方，还偷走了金子。此事究竟是怎么回事？”

“大人，这似乎是金子失窃的最合理解释。金子放在闵老爷的钱箱之内，共四十锭，值二百两黄金。钥匙藏在大老爷的架子床暗格里，只有他和夫人知道。那翠菊是个没教养的丫鬟，心眼不少，长得也漂亮。她私下里讨好老爷，让老人家时不时得些便宜。我猜，这丫鬟是想让老爷纳她为妾。”

严元做了个鬼脸，继续说道：“咋说呢，钥匙藏在何处，没准是老爷亲口告的翠菊，也没准是他发热说胡话时说漏的。贼人进山后，翠菊大概觉得‘河里的鱼，不如嘴里的肉’，遂偷了金子跑了。她可能先将金子埋在哪棵树或哪块石头下面，然后便去找贼人入伙。见了这么个漂亮姑娘过去，那些狗贼自然是欢喜的。要不了多久，她定会寻机逃离，取回金子，往他乡觅个不错的小店主一嫁。您看，这算盘打得还真不错！哦，我还是走吧。看见椽子上挂着的铜锣了吗，贼人若是来袭，您用边上的棒槌敲锣便可。这是大家约定的信号，到时，我会及时赶来的。不，大人，谢谢您，我不需要灯笼，这段路我很熟。”

狄公转过条凳坐下，抱臂伏于围栏之上，眺望着远处的山坡。此时飞虎帮在干些什么，他心知肚明，因他已望见篝火旁人头攒动。他们在搬木头。狄公未跟严元讲，是不想吓坏了这个小伙子，虽说此君在这宅院里已算镇定。其实贼人们正在造撞门锤，据狄公判断，他们不会在黎明前来袭，除非现在月朗星稀。眼下唯有等待，别无他法。

关于闵小姐之死，严元适才所述与闵二爷之老仆所言相合。可狄公心下并不踏实，总觉得遗漏了什么。闵老爷一定也是心存疑惑，唯因如此，他才会坚请狄公这位县令住在刚过世女儿的闺房里。老人显然想请他这个有着丰富断案经验的人，去探查爱女猝死的真相。

奇怪的是，闵老爷那时还引用了星象历书。该历书每年由太史局依《五星占》《春秋繁露》等推演起草，由朝廷颁布，据来年天象中的神秘星象预表人世吉凶。对于这些，狄公并不敢怠慢，那是值得敬重的古人智慧。他便是在客星犯虎星那年出生的，或许正因天道循环，他才有今夜一劫。

狄公摇了摇头，决意不再玄想那些缥缈莫测之事。他得集中精神，思考与人有关的问题。闵老爷所说的血光之灾，可能指的便是飞虎帮即将来袭一事，可能还有闵小姐猝死一事。很遗憾，当时没有一位经验丰富的大夫在场，闵二爷虽然懂些医术，但不过是读过些本草药理诸书，日积月累所知，自不能与正经大夫相提并论。再说，他也没有仵作的经验。狄公倒是精于仵作之术。他很想亲去给闵小姐验尸，但这绝无可能。

接着，他又想起了滞留在官道豁口那边的随从们，默祷浮桥桥头能保住，大家可以在乡兵营房中过上一夜。他也替前来宣旨的两位官员担心。这两人也在护卫的随从队伍中，他们打小长于京城，习惯了舒适的旅行。他又想到了自己的妻妾和孩子们。幸运的是，狄公在北州接到圣旨的时候，家眷们尚在狄公的家乡。往京城启程那日，他吩咐陶干留在北州等候继任者，又派了亲随马荣、乔泰赶往并州，护送他的妻妾孩子上京。并州至京城的官道十分安全，狄公并不担心他们。

时间过得很快，只见严总管从楼梯处探出头来。

“有动静吗，大人?”严元步上望楼后急急问道。

“没有。”狄公答道，“不过天快放晴了，要是这样，你得密切留意这伙贼人的动向。”

狄公取灯笼下了望楼。

在大厅前面的院子里，狄公遇上了面容憔悴的廖管家，他刚从马厩出来。

“我听到马在嘶叫，便去马厩看看，看是否进了水。大人，您看那些贼人何时会来?等得叫人心焦……”

“想必在黎明前吧。外面好冷啊，那些灾民里的妇孺可好?”

“大人，他们都没问题。那里的墙壁厚实，地上铺了厚厚的干草。”

狄公点了点头，遂进到大厅。厅内的炭火已彻底熄灭，四下寒气逼人，宛若坟地般静寂无声。借着灯笼的光亮，他轻松上到二楼。登上通往三楼的窄梯时，他小心翼翼，生怕在木台阶上弄出声响。

一步入刚去世女孩的闺房，狄公惊讶地发现，透过糊在移门上的纸，银色的月光洒满整个屋子。他径直穿过房间，拉开移门，但见朗月高悬，为远山罩了一层惨白、诡异。

他步上露台，发现地板和原木栏杆仍是湿漉漉的，露台左侧放着一排三层花架，上面摆了几个空花盆，依次叠起，看着似阶梯一般。

他清楚地看见，山洞的那伙贼人确实在忙着造攻城锤。不过，狄公料定，拂晓前他们无法成行，因他们还需再建一架推车载上攻城锤，方可顺山坡运至宅院门楼前。他斜倚栏杆，俯身一望，两丈以下尽是后院房屋的屋顶。抬头一看，屋檐宽大，遮住了大半个露台。又见移门上方有一排三尺见方的木镶板，每块镶板之上都雕刻着山中祥兽、云中瑞鸟，雕工甚是精湛。狄公暗忖，如此精细，说明这乡间宅院至少有两百来年的历史了。而今的工匠们断断不会在这些奇技上多花心思。

不久之后可能会有霜冻，而此时空气却端的清新。他将移门拉开一半，这样便可听到望楼鸣锣示警。他原想上床歇息一会儿，但一见后面的琴台，便改了主意。其实他并无睡意，抚琴倒真能消磨些时光。况且，典籍中也说，月夜抚琴乃雅事一桩。乐为六艺之一，孔子等圣贤亦曾盛赞此雅乐，故狄公年少时也曾习过七弦古琴，只是多年未曾抚琴，不知自家还记不记得那些繁复的指法。

他转过琴台，安放好乌木椅，如此可靠墙而坐。他搓了搓冻僵的手指，便兴致勃勃地端详起古琴来。琴托曾上过红漆，却已有了细微的裂纹，表明此琴至少已有百年，是件值钱的古董。他食指轻拨琴弦，悠扬沉郁的琴声遂在空寂的屋中回荡。琴音很准，可见女孩过世前不久还曾抚过此琴。他右手轻转玛瑙琴轸，尽力回想自己最熟悉的乐曲如何起调。琴一开，他便知道自家虽对旋律记得清楚，但与乐调相谐的指法却多有遗忘。他拉出琴台下的抽屉，想寻本曲谱，可只寻到些难度极高的古曲，诸如《梅花三弄》之类的名曲，是狄公力所不逮的。他想，或因女孩爱梅，方常习此曲吧。在抽屉最下一层，他发现了一页曲谱，短小简洁，题名《心秋》，之前从未听说过此曲。乐符边上填着词，是秀气的蝇头小楷。此曲显系过世的女孩所作，词分上下两阕：

黄叶舞
孤雁鸣
芳华尽
寂寥情
奴道落红织秀景
梅边吹笛
何处聆

黄叶舞
随风驰
鸿鹄意
人或痴
推窗寄语千山月

迷人静处

花遍知

狄公照着曲谱缓缓抚琴一过，曲律、节拍并不复杂，练了几处最难的乐段后，便已记住全谱。狄公将皮袍袖子往上一挽，欲用心再弹奏一回。他抬头望望露台，见远山映着清月。

然而，他眼睛一瞥，蓦地惊呆了，左侧书案边，正站着个娇小的女孩。幽暗中，女孩身影朦胧，但斜肩驼背、鹰钩鼻尖以及头上的发髻种种，轮廓却甚为分明。

可就在这一瞬间，女孩便消失在暗中，不见了踪影。

狄公手放在琴弦上，骇然呆坐。他欲大声呼叫，却喉咙发紧，无法出声。他起身转过琴台，轻走几步，又缓缓朝左侧那女孩身影消逝之处走去。书案边，并无人影。

狄公用手搓了搓脸，适才所见，定是那女孩的幽魂。

他尽力让自己静下心来，然后将移门大开，步上露台，深吸一口寒气。在漫长的断案经历里，他也曾偶尔遇过所谓的鬼，见过所谓的魂，可事后证明，不过怪力乱神而已，仍是人为所致。可他适才所见，那死去女孩的身影，又该如何解释？或许是自家的幻觉，就如同先前躺在床上听到女孩的诘问一般。不过，那时他昏昏欲睡，可眼下自己却清醒得紧。

他缓缓摇了摇头，又回到屋内，合上移门，从袖中取出火镰盒，点燃了油纸灯笼。而今他确信，如果真是女孩的幽魂浮现，那只表明她是被杀的。魂魄未散，置阴阳之隔而不顾，游荡四

狄公抚琴（高罗佩　绘）

方，欲彰其冤。狄公暗忖，那时自家已睡着，她遂能魂魄入梦，言辞凿凿；适才自家专心抚琴，精诚所至，阴阳交合，女孩之魂又得浮现。他该出手了！一念及此，狄公提起灯笼便朝楼下走去。

在二楼台阶处，他止住了脚步，老人的屋子里泛出一道亮光。他踮着脚走过去，耳贴房门细听。屋内有人低语，可未能听出究竟。过了一会儿，屋内重又一片静寂，但不久又响起了念经诵梵之声，似在祈福祝祷。

狄公来到大厅，在楼梯前举起灯笼，以确定自己该往哪儿走。除去正门，他记得厅内还有扇侧门，就在用膳座椅的斜后方。那里该是闵老爷提过的佛堂，在大厅后面。

他穿过大厅，走到那扇门前推了推，门吱嘎作响，并未上锁。他推开门，浓郁的梵香扑面而来。他猜对了！进了佛堂，他轻轻合上门，将灯笼高高举起，但见自己对面放着张高大的红木几案，上面安着一座佛龛，内中供奉着观世音菩萨像。他见龛前有个银香炉，炉中插着四根梵香，香灰半满，燃香闪着幽光。

狄公看了看点燃的梵香，又从香炉边未燃过的梵香中抽出了一支，与香炉内的燃香比了比。香炉内的燃香只比后者短了少许，这意味着敬香之人才来过不久。

他打量着架子上尚未上漆的薄棺，女孩遗体暂厝棺中。棺材正对着的墙面挂着满幅的锦帛刺绣画，甚为精美，但已有些年头了，绣的是佛陀涅槃图。佛陀躺在卧榻上，三界众生环绕着他，悲伤不已。

狄公将灯笼搁在几案上，想佛堂之门既然未锁，自然什么人也能进来。忽然间他有些不安，觉得屋中还有旁人。可恁小的佛堂，很难藏身，除非那刺绣画之后另有暗门。他上前用手指四下按了按，刺绣画挂于墙上，并无古怪。狄公暗忖，谁来敬香这样的事，胡乱猜测并无助益。他该麻利些，因为不速之客随时都可能进来。

他绕过佛龛前的蒲团，借着烛光打量一下棺材。此棺长近六尺，可高不过两尺。若要验尸，并不需要将尸身从棺中抬出。所幸棺盖并未钉紧，只暂时以油纸封住。不过，棺盖看来分量不轻，一人断难移开。

狄公脱下皮袍，叠好放在地上。室内憋闷，但也很暖和。他刚要弯腰检视棺材四周的油纸，一声叹息令他惊悚不已。他竖起耳朵仔细谛听，却只听到自家的心跳声。他注意到，适才屋里似有微风拂过，想来那是锦帛发出的声响。他动手揭去棺材四周的油纸，却蓦地看到棺盖上方出现一个黑影。

“让她安息吧!”身后传来喑哑的说话声。狄公转身一看，见廖管家站在那儿，双目圆睁，盯着狄公。

“我必须勘验闵小姐的尸身，”狄公断然说道，“我怀疑其中有蹊跷。看来你一无所知，不是吗?对了，你怎么会来这里的?”

“我……我睡不着，便去了院子，我是想……”

“在外面遇见你时，你说是听到马在嘶叫。到底为何，从实招来!”

“大人，我是来敬香的，替小姐的在天之灵默祷。”

“你对东家女儿倒是一片忠心，倘若属实，那我进佛堂时你为何躲藏？又躲在何处？”

廖管家掀起锦帛绣画，右手颤抖着指了指靠近墙角一个凹陷的壁龛。

“那儿……从前是扇门，”他期期艾艾地说道。说着，他转过身，缓缓言道：“是的，您说得对，我无须躲藏，更不必隐瞒什么。大人，我一直暗暗倾慕我家小姐。”

“那她待你如何？”

“大人，我从未在小姐面前表露过分毫！”廖管家愕然道，“五十多年前，我祖上也算名门望族，可最终还是没落了。到我这一代，已是身无分文。我怎敢向东家表明心迹……再说，小姐已与人定亲，是和……”

“知道了，那你告诉我，闵小姐突然离世，其中可有古怪？”

“没有啊，大人，为何会有古怪？大家都知道小姐患有严重的心疾，眼下诸事刺激……”

“倒也是。那你可曾见过她的遗体？”

“没有！大人，我实在受不住这样的场面。不，永远不成！我只想记得她原来的模样，曾经的笑貌音容……所以闵二爷要我帮着老仆抬小姐入棺时，我就是办不到啊，这些事……我太难过了。先是那伙贼人过来侵扰，后来小姐突然又……”

“好吧，你现在和我一起将棺盖抬下。”说着，狄公扯开棺木四周的油纸。

“你抬那头，我们一起把它放到地上。”狄公命令道。

两人合力抬起棺盖。

抬到半途，廖管家突然停住了手，那移了一半的棺盖遂又落在了棺木上。得亏狄公急忙扶住，棺盖才未掉在地上。

“这不是琦玉，是翠菊!”廖管家尖叫道。

“别嚷嚷!”狄公喝道。他仔细端详，虽说姑娘已死，棺中的人已然僵硬，但面容依旧艳丽。但见她双目紧闭，眼睑发青，浓眉弯弯，圆脸上有对酒窝，嘴唇饱满可爱。这面容与琦玉的画像截然不同。

“我们一起把棺盖轻轻放在地上，别发出声响。”狄公对浑身颤抖的廖管家悄声命道。

沉重的棺盖轻轻落地，狄公提起灯笼，放在棺材一角。他盯着姑娘身上长长的白裙兀自沉吟。此裙乃用上好的绸缎缝制，绣着梅花图案。一根腰带束在她丰满的胸部之下，且精心打了个蝴蝶结，僵硬的手臂则紧贴在身子两侧。

“这些衣裙全该是闵小姐的吧。”狄公言道。

“当然，大人。可尸身却是翠菊，那闵小姐去了哪里?”

“我们会知道的，但先得勘验翠菊的尸身。你去门外大厅里等着，别点烛火，眼下我还不想叫人知道此事。”

廖管家已吓得周身觳觫、牙齿打战。狄公不顾他反对，将其推出并合上了门。

他开始解裙子的腰带，花了不少时间方才解开那复杂的结扣。接着，他左手将翠菊的腰抬起，抽出了绕身数周的腰带。尸身确实很重，就如闵二爷的老仆时抱怨的那样。他将腰带挂在棺

狄公佛堂勘案（高罗佩　绘）

上，拉开衣裙，发现翠菊身上未着亵衣。此刻，她美丽的酮体毕现。狄公提起灯笼，一寸寸检视，看其身子上有无伤痕。可除了她丰乳及稍见隆起的腹部有几处浅浅的划痕外，其余的肌肤皆光滑完整。狄公确认，姑娘大体已有四个月的身孕，遂将其僵硬的手臂从宽大的袖中拉出，但见翠菊指甲甚短，且多有开裂，指掌间长有老茧。当将尸身翻转至一侧，他险些惊叫出声，只见翠菊左肩胛骨下侧，贴着块铜钱大小的黑色膏药。他小心翼翼剥下膏药，露出了带着血渍的伤口。狄公检视良久，轻抚伤口周围的皮肉，发现伤口深度跟一枚牙签等长。显然，她是为人所害，凶器是一柄细长的尖刀，一刀刺心致死。

狄公又将尸身翻转，安放妥帖，并套上了衣裙。他尝试重打蝴蝶扣结，但未能成功，只得打了个简单的结。他双手拢于袖中，紧锁双眉，低头对着那件白色长裙看了许久。这确实令人费解。

他打开佛堂门，唤来廖管家，但见廖管家全身颤抖，面如死灰。两人又一同将棺盖合上。

“你住哪儿?”狄公一边重又穿上皮袍，一边问道。

“就在院子后面，大人。紧挨着严总管那间。”

“好，你快回房歇息！我这就去找闵小姐。”

未等管家发问，狄公已转身离了佛堂。行至大厅门口，他又对廖管家温言宽慰了几句，这才打发他回屋，自己则上了楼。

二楼楼梯口有光亮，只见闵二爷站在他兄长房门前，手持高高的烛台。他仍穿着那件灰袍，宽脸粗脖，神色傲慢如常。他瞥了狄公一眼，粗声粗气道：“您在望楼值过夜了？”

“是啊，一切如常。令兄目下如何？”

“哦。我正想到里面看看，可屋里没点灯，我还是回自家屋里去吧。我不想吵醒嫂子，她这会儿该是在床边扶手椅上打盹。她太累了。您最好也去睡上一觉，到处瞎逛反而于事无补。您请安歇吧！”

狄公望着胖胖的闵二爷拖着身子走入楼道尽头的屋子，自己也便上了三楼。

回到闵小姐的房里，狄公将灯笼置于桌上。月光透过移门照了进来，他凝视着地上的月光，心内暗忖，倘若闵小姐还活着，那他之前误断为幽灵的，当是移门外琦玉的身影。若果真如此，露台上的琦玉定是在窥视着自己。

他拉开移门走了出去。他先前已对露台勘查过，从楼下攀上或从屋顶跳下皆无可能。况且见到那幽灵后不久，他也曾到过露台，所以琦玉并无时间架梯子离开。他回身望了望移门上那排雕工精湛的木镶板，旋即又返回屋内。他发现屋子天花板与门楣间只有两寸多距离。也就是说，屋内天花板与楼顶之间有个暗阁，虽说露台距屋檐仅三尺来高，但随着屋顶向上攒聚，暗阁自然也随之增高。他又回到露台，细细端详起左侧的花架。他暗自思量，那镶板上会不会有个暗门？如果有暗门，那人便可轻易以花架为梯藏身于暗阁里。

狄公试着踩上花架的最下一层，可架子太不结实，禁不住他身体的重量，但可承得住一个娇小女子的分量。他从屋内琴台处移出乌木椅，放在了花架边。站在乌木椅上，雕花镶板触手可及。他试了试花架上方的那处镶板，可以移动，遂用力一推，镶板滑开了。他手上的灯笼顿时照在一个面无血色的女孩脸上。她蜷缩着，惊恐万状。

“闵小姐，你最好下来。”狄公冷冷言道，“你不必害怕，我借宿于此，乃令尊的客人。来，我帮你一把。”

闵小姐显然不需要任何帮助，她脚踩花架，轻快地下到露台。她穿了一件蓝色长袍，上面沾满了灰尘。她瞥了一眼山坡上熊熊燃烧着的篝火，遂悄然转身进了屋。

狄公示意她坐在桌旁的椅子上，他则在乌木椅上坐定。狄公捋了捋灰黑的长髯，望着闵小姐憔悴惨白的脸。三年来，她的形容变化不大。对那位画师的绘画功力，他心下再次感佩钦服。画师所取的半身肖像的姿势甚是巧妙，既掩饰了小姐的驼背，又不显那娇小女孩的大脑袋。

“闵小姐，听说你因心疾而去世，令尊、令堂为此哀恸不已。可事实上，死在你房里的是丫鬟翠菊，她被人杀了。”他顿了片刻，但闵小姐并未说话。狄公遂接着又道：“我是县令，来自北方。虽说此地非我辖区，但为洪水所困，此地孤立无援，我身为朝廷命官，自当调查此案。请原原本本讲明此事。”

她扬起头，一双大眼里蓄满悲伤。

“那又有何用?”闵小姐语气悠缓，颇显教养。她低声答道，“大家都快死了。是的，要不了多久。您看，天边晨曦已露。”

“但真相不可或缺。闵小姐，我在等你的解释。”

她耸了耸肩，言道："昨晚用饭前，我回来梳洗，等着翠菊来帮我更衣。当时她还没来，我便走到露台，倚着栏杆眺望山坡，想看看那些贼人在干些什么勾当，深为院中众人的命运而忧心。站了许久，不觉天色已晚。我心想，还是自家动手更衣吧。回到屋里，见翠菊背对着我躺倒在卧榻上，我恼怒中便骂了她。但等我上榻一看，着实吓了我一跳，她背后全是血。我忙扳过她身子，发现她已经死了。

"我尖叫起来，可很快又捂上嘴。我忽然想到，其中有古怪。想是翠菊进屋后见我不在，还以为我到了楼下，遂躺到榻上歇息，打算等我回来时再起。您知道，她就是个粗野无礼的丫头，好吃懒做的。后来，有人进了屋，把她错认作我，并杀了她。刚想到这个可怕的推测，我便听得门外楼道里有脚步声。我想，定是那凶手又回来了，遂慌忙跑到露台，爬入阁楼。"

她止住话头，用细长白皙的手拍了拍头发，继续道："我得解释一下，当初听说一伙贼人来到此地，我便打起了那个暗阁的主意。我想，若贼人攻下宅院，父母与我倒可在这里躲藏，这里颇堪避难之用。于是我在暗阁里安了几席被子、一罐水以及数盒干果。是啊，那会儿我跑得太快了。我在暗阁里听见了开门声和那些可怕的脚步声。等了很久，我再细细谛听，可四下寂静无声。过了一会儿，我听到了重重的敲门声，有人唤我的名字。我猜那是凶手的诡计，他定是知道杀错了人。我决计不出声。过了好一阵子，又猛听到有人敲门，我听到叔父的惊叫声。他错把翠菊认作是我，高声说我已经死了。叔父已有七年没有见过我了，他到家后也未曾见过我，也没见过翠菊。昨天下午，他一直待在内宅。可也奇怪，我叔父怎会对翠菊穿着的下人蓝布衣裳视而不见呢？我估摸那是凶手第二次回屋时，褪下了翠菊身上的衣服，换上了我的长裙。我原想出去告诉叔父真相，可细一思忖，最好让凶手觉得我已失踪。如此一来，我便有机会寻找线索，发现真凶。

“当时我吓坏了，精疲力竭，一倒下便睡着了，整整一宿。今儿一大早，我下楼取了一罐水和一些糕点。悄声上到二楼时，我无意中听到严元和廖管家在说话，说我心疾发作猝死。我知道，那凶手定是使了手段，成功掩盖了他的暴行。这让我更加害怕了。那凶手定是个诡计多端且残酷无情之人。下午，我又睡着了。到了晚上，我听得屋内有人说话，我听出其中一人是严元。接着又安静了许久，直到听见有人在抚琴，那是我最爱的曲子。因家里无人会抚琴，我猜定是外人，或许是凶手，或许是同谋。当时暴雨停了，我想可趁机看看那人是谁。于是，我蹑手蹑脚来到露台，透过半开的移门，见屋子深处有一位我从未见过的长须男子。我吓得不轻，忙又逃回暗阁中。大人，这便是经过。”

狄公缓缓颔首。那女孩确实聪慧，思路甚是清晰。他拉过茶盘，替闵小姐倒了杯茶。待女孩一气喝完，狄公问道：“闵小姐，你觉得是谁想杀你？”

她茫然地摇了摇头，道：“大人，我实在想不出谁会杀我。因为不知道，才最让人害怕。我几乎不认识什么外人，您看，此处也很少有客人来。去年倒有个古琴师傅常从对岸要塞过来教我习琴，我的画师为了教我绘画，也曾暂住过一段时间。学业完成不久，我便奉双亲之命与梁公子定了亲，自此便过着闺中隐秘的日子。除了家人，再也没见过旁的人。”

“这样，”狄公道，“我等不妨先来推测一下，看看作案之人的行事动机。你可是府上财产的唯一继承人？”

“确实如此。我曾有个哥哥，但三年前去世了。”

“你若去世，那该由谁来继承？”

“是我叔父，大人。”

“这倒是个不小的由头。听人说，你叔父虽然十分富有，但依旧非常爱财。”

“啊，不，不可能是叔父！”她叫道，“他和我父亲的关系非常亲密。他永远不会……不，大人，您可千万别那么想。”

她想了一会儿，略有些犹豫，道：“当然，没准是廖管家。我知道他倾慕于我，但从没对我提过。也难怪，像他那种地位的人，没钱没势，做梦也想着娶东家独生女儿为妻。但他出身书香世家，祖上还出过两位著名的诗人，我若应允，家父或许会勉强同意这门亲事，可他一声不吭。我和梁公子定亲的事传开后，他再说什么也是枉然。他郁闷不堪，这是我亲眼所见。不过，他文质彬彬，谦逊有礼，不能想象他会……”

她一脸不解地望着狄公，狄公并不接话。他呷了一口茶，言道：“我以为，翠菊不是被误杀的。可以肯定，凶手要杀的就是她。我适才验了尸，发现她已怀有身孕。你可知道孩子的父亲是谁？”

“谁都可能，只要是她能勾搭上的男人。”闵小姐刻薄地说道，“她是个又懒惰又放荡的丫头，常与那些个庄稼汉子在后院里动手动脚。她以为没人知道她那些个龌龊事，可我在露台上都看见了。她举手投足就像个娼妇，真叫人作呕！是她偷了金子。大家都以为她带着金子跑了。可她被杀了，我便想到那些金子定然还藏在宅子里。您是对的，大人，不是误杀，是她的相好为独吞那些金子而杀了她。大人，得找到那些金子。保全性命，全指望它了。”

狄公将眼前的茶杯分别满上，不经意道：“我听说翠菊是个质朴稳重的姑娘，一心一意服侍令尊。”

闻听此言，姑娘顿时气得脸颊通红。

“她？服侍？那我告诉您她是怎么服侍家父的，这个鲜廉寡耻的婊子！她把自家身子奉上，这便是她的服侍！家母为此多次赶她出父亲的屋子。我就曾亲眼见过一回。按她的说法，她是替家父整整被子。可她也该整整自家的衣裳，当时她衣衫不整、袒胸露乳！她搞到了钥匙，这个奸诈的娼妇！她一边向家父献媚，一边同她遇见的流浪野汉子偷情，是这人让她怀了孩子。大人，您该审审那些个灾民，或许凶手就混在其中，那人杀了她，夺了金子。”

“好吧，”狄公缓缓言道，“我相信她是被相好的所杀，但我觉得，那人不会是流浪汉。流浪汉是没机会到屋里来行凶的。凶手定是宅子里之人，可以来去自如，还不让人起疑。他对翠菊下手，以为无人知晓，可下楼后没见到你，便想到你那时在露台，且多半已目睹了他的暴行。于是他返回屋里，替翠菊的尸身换上你的长裙，无非为了警告你别声张，否则便与翠菊一个下场。此人现下定是慌乱不安。闵小姐，还有谁知道你藏身暗阁?”

“绝对无人知道，大人。昨天晚饭后我本想告诉父亲的。”

“明白了。”狄公站起身，来到露台。朦胧月光下，他望见贼人载运攻城锤的推车已安好，飞虎帮众匪正牵马步出山洞。他返身回到屋里坐下，道：“此案嫌犯确实不多，我想严元疑点最大。”闵小姐似欲反驳，狄公抬手制止了她，接着说道：“他回避那具尸身令人起疑，让人觉得是他刻意不看。廖管家因爱慕你而不忍看，可他却不同。严元不想被人盘问：你为何没认出尸身是谁？毫无疑问，与闵二爷及其老仆不同，严总管对你和翠菊都非常熟悉。”

闵小姐惊恐地望着狄公，言道：“严总管读过书，是个正人君子。”她嚷道：“他怎会自贬身份，同个乡下姑娘‘非常熟悉’?”

“闵小姐，在这些事上，我比你有经验。”狄公温言道，“严元给我的印象是放荡不羁。离开州城，他应该是不情愿的。我猜想，他父亲将他打发至此，是因他惹出些龌龊风流事，在城里无法立足。其父原谅了他，但若是知道他又在亲戚家诱奸了丫鬟，我看十有八九会将他逐出家门的。”

“一派胡言！”她怒气冲冲地喊道，“严元是生病了才来乡村休养，为的是这里的新鲜空气。”

“得了，闵小姐，你这样聪敏的姑娘，岂能相信这种胡话。”

“这不是胡话！”她站起身，固执地说道，“大人，您现在能带我去见家父吗？我急着想把这一切告诉他。还想和他商议如何才能找回金子，那是众人仅存的希望。要是找不到，我们很快会被贼人杀光的。”

狄公也起身道：“闵小姐，我很乐意带你去见令尊令堂。只是在去之前，我想请你陪我到望楼见一下严元，我要问他些问题，希望你也在场，以判断他说的是否属实。倘若他是无辜的，那我们再定下心去找金子。”狄公见她想辩驳，便指着露台外叫道：“天哪，他们来了！”

女孩惊恐万状，紧靠着狄公。只见山坡上十多个骑马的贼人疾驰而下，身后是载着攻城锤的推车，由其余贼人飞快推着。

“他们带来了攻城锤！”狄公惊呼。他扯住闵小姐的袖子，厉声喝道：“快走，时间紧迫！”

“那金子呢？”

“严元会告诉我们的，快！”

他拉着闵小姐飞快地奔下楼。此刻，望楼传出示警的锣声。他们快步穿过大院，灾民们纷纷从屋中冲了出来，四下一片叫喊之声。狄公踏上望楼陡直的木梯时，瞥见一个年轻汉子攀上了门楼顶，那儿已备好了一张大渔网。

“他们带着攻城锤来了！”狄公在望楼上一露头，严总管便冲着他喊道，“他们有……”刚说了半句，他便看到了狄公身后的闵小姐，顿时惊得张口结舌。

“你……你……”他结结巴巴，说不出话来。

“是的，你看，我活着。”她说得飞快，“我在暗阁里找到了藏身之处，县令大人把我带来见你。因你并未见过尸身，并不知道那不是我，而是翠菊。”

此时墙外喊声不断，四个贼人骑着马从暗淡的晨光中奔来。他们挑衅地挥舞着手中的长矛，身上披着的虎皮随风扬起。狄公望了望翻滚着污泥浊流的黄河。暴风雨后，水位涨得更高了。不过，雾气已散，远远望去，一个黑点隐约可见。

狄公转过身，对着严总管厉声道：“严元，一切已昭然若揭。你和闵小姐一同谋杀了翠菊。翠菊怀上了你的孩子，逼你娶她。可对你而言，这个可怜的乡下丫头只不过是供你消遣的玩物。你一心盼着娶到手的是她，这个唤作琦玉的东家小姐。她当然也倾心于你，可她知道自己的父亲绝不会答应这门婚事。闵琦玉已和梁公子正式定了亲，闵父又怎能把女儿嫁给一个不名一文的浪荡子，更何况还是亲戚。飞虎帮的到来给了你俩一个千载难逢的机会。闵小姐偷走了金子，藏在了一处十分稳便的所在。然后你俩合谋杀了翠菊，你给翠菊换上了闵小姐的长裙，却来不及给她穿上亵衣。闵小姐则躲进了暗阁中。严总管，你绞尽脑汁，设法只让闵二爷和他的老仆发现尸身，并想方设法尽快入殓。由此，闵宅上下，人人都知闵小姐已死。翠菊后背上的致命刀伤被细细擦净，并贴了块膏药。倘若闵二爷检视其后背，定会认为膏药是死者生前所贴，因膏药上做了手脚，比如划痕毛发之类的微物。实际上，闵二爷并未褪下衣物细看，他根本没想到会是谋杀，更想不到那姑娘长裙之下未着亵衣。而这一切若是被发现，他自然会起疑心。”

“无稽之谈！”闵小姐一脸鄙夷，言道：“根据你的荒唐论断，我俩接下去将如何行事？”

“这倒不难推断，飞虎帮要是攻入闵宅，趁着混乱，严元会溜之大吉，与你一同藏身暗阁。因为你们清楚，飞虎帮众匪生怕惊动了对岸要塞的官兵，不会如往常般纵火焚烧宅院。等贼人们将此处血洗劫掠之后离开，你俩便会从暗阁里出来，静待洪水退去。之后你俩自会带着金子避入城中。等过上一段时日，闵小姐便会去官府呈上状子，详述不幸。无非是此前为飞虎帮所劫，受尽凌辱折磨，最终寻机逃脱云云。你自可向官府申请领回家产。之后，你俩便远走高飞，恩爱相亲。闵小姐自不会在意双亲的性命，你俩更不会操心其他五十余人的性命。”

闵琦玉与严元两人默声不语，狄公接着又道：“呵呵，昨晚困在此地不得已到此借宿，也该着你俩倒霉。我不仅找到了真凶，还找到了暗阁中藏身的你。闵小姐，你是个异常聪敏的女孩，不同寻常。刚才你向我说了个相当动人的故事，要是我信以为真，你便会装作偶然发现了金子。赎金一付，一切如常。除掉了翠菊，我相信你和严元会盘算如何才能既将闵府钱财弄到手，又可私奔远遁。”

墙下传来隆隆之声，只见载着攻城锤的推车碾过凹凸不平的地面，直奔宅院大门而来。

闵小姐怒目圆睁，瞪着狄公。“身至此，心未死……”狄公看着她苍白扭曲的面容，自言自语道。忽然间，闵小姐大声喊道：“你毁了一切，你这个狗官！我绝不会告诉你金子藏在哪里，要不了多久，大家都得死，包括你！”

“别傻了！”严元冲她嚷道。他害怕地朝围栏外瞥了一眼，只见成群的贼人舞刀弄剑地纷纷冲下了山。“老天爷啊，你快说金子藏哪儿了！你总不能眼睁睁看着我被那些畜生杀了吧？你说过你爱我！”

“爱你爱到容忍你把所有罪责都推在我身上？我的心上人，那可不成！要死一起死，黄泉路一条，你的可人儿翠菊已先你一步走了！”

“翠菊……她……”严元期期艾艾道，“我真是头蠢驴，我该和她在一起。她对我一片痴情，不求回报。可你，却说为了咱俩将来的平安，翠菊必须得死。我这个傻瓜，简直是鬼迷心窍了，还是选了你和你的金子，你，你这个无耻的大头怪物！”

闵小姐闻言，向后踉跄几步。严元哽咽道：“翠菊美丽又温柔，想想看，每晚我都可以抱着她美妙丰满的身子！可你，骨瘦如柴，我竟然还和你做那事，想起你那些小花招我就恶心！告诉你，我恨你……”

狄公听到身后传来一声撕心裂肺的叫喊声，遂连忙回身，可为时已晚，闵小姐已从望楼上一跃，纵身跳下。

“这下全完了！”严元喊道，“我等再也寻不到金子了。她从没告诉过我……”

他忽地住了口，俯视着围栏外的地面，吓得说不出话来。只见一名贼人从马上跳下，向倒在巨石堆里的闵小姐尸身走去，尸身的头已歪到了一边。贼人弯下身，扯下了她的耳环，又探了探她的袖子，一无所获。那恶汉大怒，起身拔剑，大叫着一剑挑开了她的肚子。

严元转过身子，捂着肚子呕吐不已。狄公抓住他的胳膊一把将他拽起。

“快说！”他大声斥责道，“你是怎么杀了翠菊的？”

“我没杀她！”严元喘着答道，“闵琦玉告诉我说，她偷走金子的时候正巧被翠菊撞见，必须要杀人灭口。这鬼娘们给了我一把匕首，逼我动手。当着我俩的面，翠菊一口否认她偷窥过什么，可那鬼娘们一把夺过我手里的匕首，对着翠菊的胸口，一边大骂翠菊撒谎，一边喝令她脱光衣服，说要看看勾引汉子的狐狸精长啥样。她命光着身子怕得要命的翠菊高举双手，站在卧榻边。屋子里很冷，可怜的翠菊瑟瑟发抖。那娘们用匕首在翠菊身子上比画着，嘴里不干不净地咒骂着。翠菊苦苦哀求，几次想要跑开，可那娘们却用匕首死死顶住她，恶语威胁她。可我，只能在一边呆看着，生怕她暴怒中会对这无助的翠菊愈加荼毒。趁那娘们不备，我上前抱住她的胳膊，让她住手，可她只冷冷瞥了我一眼，随即叫翠菊转过身去，左手按其肩膀，一刀刺入她的后背。

“我哆嗦着向后退，靠着墙才不致跌倒。神思恍惚中，只听闵琦玉哼着一支叫人心颤的曲子，将翠菊放倒在地，然后小心翼翼地为她擦拭伤口，还在伤口处贴上了膏药。她把翠菊的衣裳叠好，给她穿上自家的白色长裙，还叫我帮着把尸身抬到卧榻之上。她细心为翠菊系上腰带，打上蝴蝶扣结，冷静得就像为自己做这些事一般。那……那情形简直难以言表。”

他双手捂着脸。待抬起头时，他竭力压低嗓音，问道：“你是如何发现的?”

“无非是根据闵老爷的暗示，他坚持让我住到他女儿琦玉的闺房，令我茅塞顿开。他爱女儿，但深知她身子虚弱，久病邪侵容易失心丧智，因此对女儿的死心存疑虑。适才与闵小姐在屋中交谈时，起初她甚是沉稳，可稍一激动便性情大变。只要提及翠菊的好处，论及你的短处，都会叫她失去心智。至于你，严总管，你不如闵小姐有城府。这闵府里人人自危，可你却不然。不过，我不觉得你有什么勇气，恰好相反，你是个懦夫，之前发生的事已说明了这点。对即将来临的灭顶之灾，你的言行太过轻率不羁，因为你根本没想过会死。你想的是即将到手的财产，想的是你和闵琦玉两人可以从此安稳舒适地活着。你适才提到给翠菊系上蝴蝶扣结，据此便可断案——只有女人才会将扣结打得如此精美。闵小姐心灵手巧，可她定然不会想到，留下的这个蝴蝶扣结让她一下子露了馅。”

严元望着狄公，呆若木鸡。狄公接着又道：“是的，我相信你所说，闵小姐确实是主犯，可你作为从犯，参与残忍杀害翠菊，自会被斩于刑场。”

“刑场?”严元狂笑起来，笑声里带着哭腔，与墙外沉闷的咚咚撞击声混在一起，“听呀！你这蠢货，飞虎帮众匪快要攻进来了!”

狄公侧耳细听。蓦地，猛烈的撞击声消失了，四下一片死

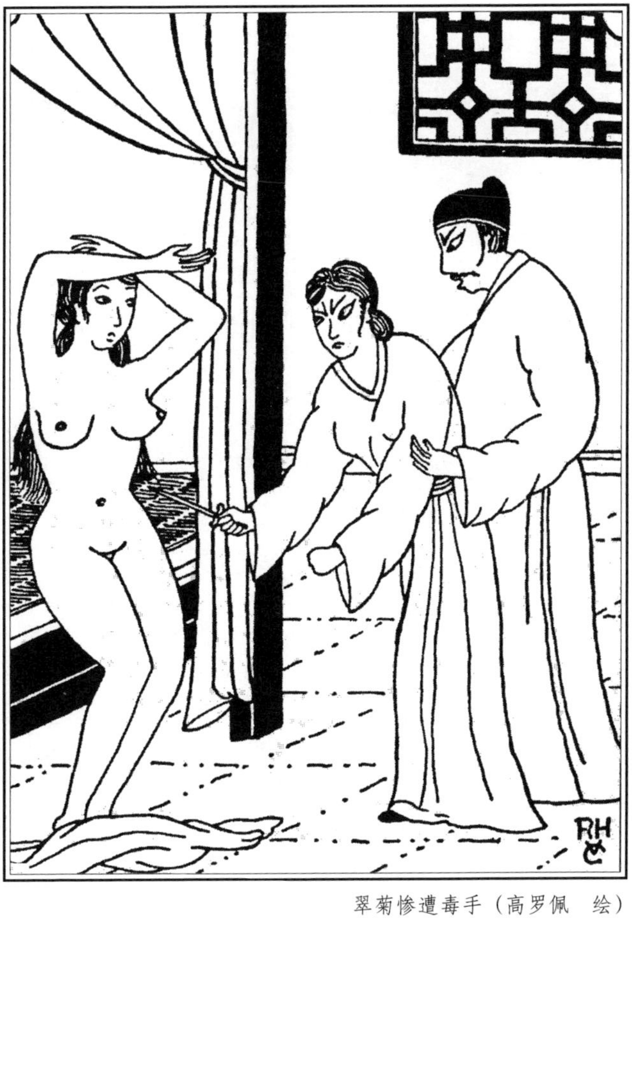

翠菊惨遭毒手（高罗佩　绘）

寂。忽然，有人高声诅咒谩骂起来。狄公手扶围栏，四下张望。

“快看！”他命严元道，“他们逃了！”

贼人们扔下了攻城锤，骑马的拼命策马飞奔，步行的一众喽啰紧随其后，一路向山上逃去。

“为何……他们为何要逃跑?”严元困惑不已。

狄公转身指了指黄河，一艘大战船正向北岸快速驶来，长长的船桨在浪涛中奋力划动，以确保战船能以正确的角度靠岸下锚。船上旌旗招展，甲板上满是戴着头盔的官兵，船尾拴着不少战马。大战船之后跟着艘略小的战船，船上堆满了木头和绳索，一些戴着帽子、穿着棕色兵服的兵士正忙着给运输推车安装轮子。

“昨晚我给要塞的统领写了封信，”狄公语调平静，缓缓言道，“我告诉他们，臭名昭著的飞虎帮残余正在此地聚集，请他们速速派兵前来，且须备上战马，带上工兵。当官兵围剿飞虎帮时，工兵可帮助修复浮桥，好让我的随从卫队前来与我会合。在此期间，我将在闵宅审结此案。如此，中午我便可离开此地，继续奉旨赶往京城。”

严元感到难以置信。他盯着两艘越来越近的战船，高声问道：“可你是怎么送的信?”

“我招募了我的‘飞虎’，”狄公答道，“我写了信，又抄了十几封，封妥后交与昨日下午在此遇见的放风筝的少年。我请他们将信分别扎在不同的大风筝上，一个接一个放飞，待风筝放到高空后便剪断引线。北风会将风筝吹到南岸，我想至少有一两个颜色鲜艳的风筝会被人发现，并送到要塞。看来计划成功了。飞虎帮覆亡在即，严元，你也一样。”